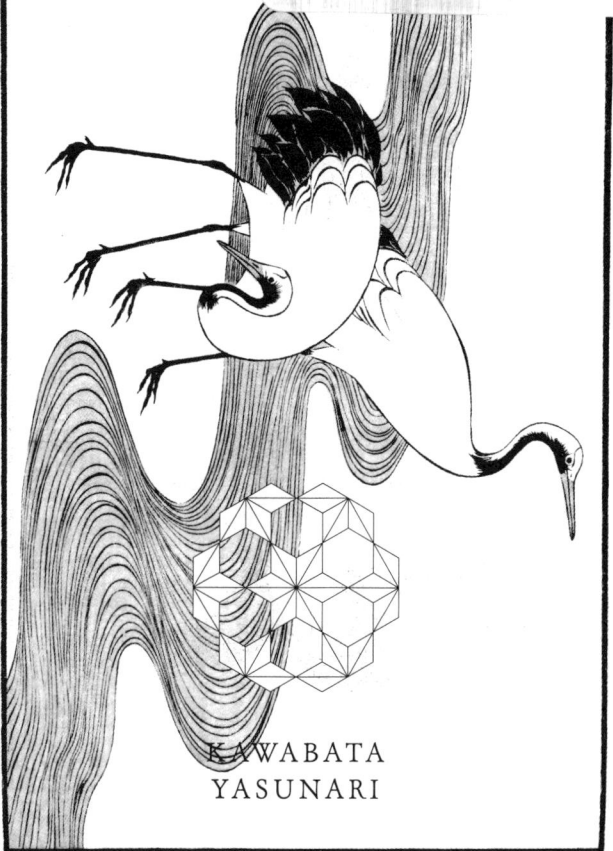

KAWABATA
YASUNARI

一頁 folio

始 于 一 页 ， 抵 达 世 界

[日] 川端康成 著

千羽鹤

陈德文 译

广西师范大学出版社
GUANGXI NORMAL UNIVERSITY PRESS
·桂林·

**图书在版编目（CIP）数据**

千羽鹤 /（日）川端康成著；陈德文译.——桂林：广西
师范大学出版社，2023.3
ISBN 978-7-5598-5760-6

Ⅰ.①千… Ⅱ.①川… ②陈… Ⅲ.①中篇小说－小说
集－日本－现代 Ⅳ.①I313.45

中国国家版本馆CIP数据核字（2023）第002596号

QIANYUHE
千羽鹤

作　　者：（日）川端康成
译　　者：陈德文
责任编辑：谭宇墨凡
特约编辑：王子豪　徐　露　徐子淇
装帧设计：汐　和　at compus studio
内文制作：陆　靓

广西师范大学出版社出版发行

　广西桂林市五里店路9号　邮政编码：541004

　网址：www.bbtpress.com

出版人：黄轩庄
全国新华书店经销
发行热线：010-64284815
北京华联印刷有限公司印刷
开本：889mm×1260mm　1/64
印张：4.75　　　　　　字数：116千字
2023年3月第1版　　2023年3月第1次印刷
ISBN 978-7-5598-5760-6
定价：43.00元

千羽鶴

一

一

千羽鶴

# 一

菊治走进镰仓圆觉寺[1]后，又犯了犹豫。

要不要去出席茶会呢？时间已经晚了。

每逢栗本千佳子在圆觉寺后院的茶室[2]举办茶会，菊治都会接到一份请柬，但父亲死后，他就一次都未来过。因为他认为，这不过是对方出于和亡父曾经的情谊，对自己礼节性的表示罢了，

---

1　镰仓幕府第八代将军北条时宗掌权时期，皈依佛教，信仰禅宗。后中国宋朝高僧无学祖元东渡日本弘扬佛法，并于弘安五年（1282）创办圆觉寺，寺内塔头（高僧墓塔）十数所，相传藏有无数宝物。

2　即佛日庵，圆觉寺塔头之一。直到今天，每月四日，圆觉寺皆于此处举办茶会追念北条时宗。

所以没有理睬。

然而，这次的请柬上却多写了一句话：

希望您来看看我的一个女弟子。

看到这份请柬，菊治想起千佳子的那块痣。

菊治八九岁的时候，曾随父亲到千佳子家里，当时千佳子正在餐厅敞着前胸，用小剪子剪那痣上的毛。痣布满左边乳房的一半，一直扩展到心窝，有手掌大小。千佳子剪的毛，正生在那黑紫色的痣上。

"哎呀，小少爷也来啦？"

千佳子吃了一惊，她本想将衣襟合上，又似乎怕慌慌张张掩上衣服显得不自然，于是稍稍转过身去，慢慢将前襟塞进和服腰带。

看样子，她不是在避讳父亲，而是看到菊治才感到惊讶的。女佣到门口迎过，也回来通传了，千佳子应该知道是父亲来了。

父亲没有进餐厅，而是坐到了隔壁房间。这

里的客厅正辟作茶道教室使用。父亲一边看着壁
龛里的一幅挂轴，一边心不在焉地说：

"给我一杯茶吧。"

"哎。"

千佳子答应了一声，没有立即走过来。她膝
头摊开的报纸上，落着一些男人胡须般的黑毛，
这个，菊治也瞧见了。

大白天，老鼠在天棚上吵闹。廊缘边，桃花
盛开。

千佳子坐在炉畔煮茶，有些神情茫然。

其后，大约过了十天，菊治听见母亲仿佛披
露什么惊人秘密似的对父亲说，千佳子因为胸前
长痣，所以没有结婚。母亲以为父亲不知道，她
好像很同情千佳子，神色里带着怜悯。

"唔，唔，"父亲略显惊讶地应和着，"不过，
如果看到的人是自己丈夫就没关系了吧？找一个
知道痣的存在，仍愿意娶她的人不就行了。"

"我也是这么跟她说的，可是一个女人家，胸
口长块黑痣，这哪儿说得出口呀？"

"她早已不是年轻姑娘了。"

"确实不好说出口，要是换作男人，结了婚被知道了，一块痣而已，不过笑笑罢了。"

"你瞅到她的痣啦？"

"瞎说些什么呀？"

"就是听她说的？"

"今天她来教茶道时，我们聊了一阵子……恰好聊到这个，她就说出来啦。"

父亲默然不语。

"就算结了婚让男人看到了，男人又能怎样呢？"

"会厌恶，会心里不舒服。不过，这个秘密或许可以变成闺房乐事，坏事变好事嘛。再说，这也不算什么了不得的缺点。"

"我也劝她说，这个不会碍什么事的。可是她说，那痣长在了乳房上。"

"唔。"

"她说啦，一想到生了小孩，小孩吃奶最叫人伤脑筋。丈夫还好说，不过也得为婴儿考虑考虑呀。"

"长痣的乳房不出奶水吗？"

"那倒不是……她想要是给吃奶的婴儿看到了，那孩子该有多苦恼。我没有想到这一点，她却顾虑重重。孩子一生下来，就要吃奶，睁眼首先看到的也是乳房，一眼就看到妈妈的乳房上有那么一块可怕的黑痣，那么，孩子对这个世界的第一印象，还有对母亲的第一印象，就是极其丑陋的。——这种印象会深深留在孩子一生的记忆中。"

"唔。不过，这也想得太多啦。"

"要是这样，也可以喂牛奶，或者找个奶妈什么的。"

"长个痣算什么，只要有奶就行嘛。"

"可是，这样也还是不行。我听她说了之后，自己的眼泪也止不住了。我觉得她的话有道理，我们菊治可不能吃乳房长痣的人的奶啊。"

"可不是嘛。"

菊治对父亲的佯装不知感到气愤，自己都看

到千佳子的痣了，可父亲一点也不在乎，这使菊治更加憎恨父亲。

自那以后，已经过去近二十年了。现在看来，也许那时父亲也很困惑不安吧？想到这里，他不由苦笑起来。

菊治过了十岁以后，经常想起当年母亲的话，时时陷入不安的情绪里，要是有了吃过长痣乳房的奶的异母弟妹，那可怎么办呢？

不仅害怕另有弟妹，他也害怕这样的孩子本身。他觉得，那种被上面有长着毛的大黑痣的乳房喂大的孩子，就像恶魔一般可怕。

所幸，千佳子似乎没有生小孩，往坏里想，也许是父亲不让她生孩子吧。那让母亲流下眼泪的关于痣和孩子的故事，可能也是父亲为了不让她生孩子向她灌输的借口。总之，父亲生前和死后，千佳子的孩子都不曾出现过。

菊治和父亲一起看见千佳子的黑痣后不久，千佳子就向菊治的母亲说了这件事。看来，她是想抢在菊治告诉母亲之前，来个先下手为强吧？

千佳子一直未嫁，也许就是那痣控制了她的一生吧？

菊治对于那黑痣的印象也难以消泯，说不定什么时候，那块痣也会和他的命运纠缠在一起。

千佳子以茶会为名邀他来见见那位小姐时，那块痣也在菊治眼里闪现。他蓦然想到，既然是千佳子邀请来的，那位小姐想必是个纯净无瑕、冰清玉洁的人吧？

菊治甚至想象过，父亲或许有时会用手捏一捏那痣，说不定还用嘴呷过呢。

眼下，他在小鸟鸣啭的山寺中走着，这种联想又一次掠过心头。

然而，在菊治发现那块痣两三年后，千佳子变得有些男性化起来，现在完全成了一个中性人。今天的茶会她兴许也会手脚麻利地表演一番，那只长着痣的乳房可能已经萎缩了。想到这里，菊治坦然地笑了。这时，两位小姐从后头急急赶了过来。于是他停下来，给她们让路。

"栗本女士的茶席，就在这条路的尽头吗？"

他问。

"是的。"

两位小姐同时回答。

本来，就算不问他也知道怎么走。从小姐们的和服穿戴上也可以看出，她们走这条路是去参加茶会的，这番问话只是为了让自己下定决心出席茶会罢了。

其中一位小姐，拿着绘有白色千羽鹤的桃红绉绸小包裹，面容姣好。


## 二


两位小姐在茶室门口换白布袜时，菊治也到了。

他越过小姐们的背，向屋内打量着，八铺席的房间，茶客济济一堂，膝盖顶着膝盖，大都穿着华丽的和服。

千佳子一眼就看到了菊治，"啊"的一声轻呼，站起身走过来。

"啊，请吧。真是稀客啊，欢迎，欢迎。快请，就打那儿进来吧，没关系。"她指了指壁龛旁的格子门。

室内的小姐们一起朝菊治看过来，他脸红了。

"都是女客吗？"

"是的，也有男士，他们都回去啦。您就是万绿丛中一点红啊。"

"才不是呢。"

"菊治少爷有当'红'的资格，没事儿。"

菊治摆摆手，示意自己要绕到对面的入口去。

那位拿着千羽鹤包裹的小姐，正把换下的白布袜包起来，彬彬有礼地站着，请菊治先过去。他进入隔壁房间。这里散乱地放着点心盒、茶具盒，还有客人们的东西。后面的水屋[1]里，女佣正

---

1　水屋，相当于茶室的厨房或洗涮间，是准备茶会、洗涤茶具的场所，一般为三铺席，内设纳物棚架。

在洗茶具。

千佳子走进来，跪坐在菊治面前。

"怎么样？是位好小姐吧？"

"是那个拿着千羽鹤包裹的姑娘吗？"

"包裹？我不知道什么包裹。就是刚才站在那儿的漂亮小姐呀。她是稻村先生家的千金。"

菊治漠然地点点头。

"什么包裹，净留心一些奇怪的东西，倒叫人大意不得。我还以为二位是一同来的，正为您的高超手腕震惊呢。"

"你在说什么呀！"

"如果是来的路上碰到的，实在有缘分。稻村先生，您家老爷也是认识的。"

"是吗？"

"他家过去在横滨做生丝生意。今天的事我没有对小姐说明，您就从旁好好相相吧。"

千佳子声音不小，菊治担心隔壁茶室里的人会听到，正在踌躇，千佳子蓦地凑过脸来。

"不过，出了点麻烦，"她压低了声音，"太田夫人来了，她家小姐也跟着来了，"她瞅着菊治的脸色，"我今天并没有请她，可是她……这种茶会，谁都可以来参加的，刚才就有两对美国人来过了。对不起。太田夫人她知道了，也实在没法子。不过，她当然不知道少爷的事情。"

"我今天也……"

菊治想说，他今天本来就不打算相什么亲，但是没有说出口，话似乎在喉管卡住了。

"要说尴尬倒是夫人尴尬，少爷只管像平时一样沉住气好啦。"

听了千佳子的话，他感到气愤难平。栗本千佳子和父亲的交往似乎不太深，时间也不长。父亲死前，千佳子曾作为"身边随叫随到的女人"在家中出出进进。不光是茶会，就是一般客人来访，她也会在厨房里帮忙。

自从千佳子变得男性化后，母亲觉得再去嫉妒她就有点叫人哭笑不得了。母亲后来也一定发现父亲见过千佳子的痣了，可毕竟已经时过境迁，千佳子也一副不记往事的样子，转而成为母亲的后盾了。菊治也逐渐对千佳子随意起来，不时跟她使个小性儿，不知不觉，少年时代揪心的厌恶感也淡薄了。变得男性化、成为菊治家得心应手的一个帮工，这也许就是千佳子的一种生存方式。她仰仗菊治家做了茶道师傅，获得了初步成功。

千佳子只和父亲一个男人进行毫无指望的交往，或许由此压抑了作为女人的欲望吧？父亲死后，菊治一想到这些，甚至对她泛起淡淡的同情。

母亲不再对千佳子抱着敌意，多少也因为太田夫人的事。父亲在茶友太田死后负责处理他的茶具，随即认识了他的遗孀。最早将这件事告诉母亲的就是千佳子。不用说，千佳子站到了母亲一边。她似乎做得有些过火，每每跟在父亲后面盯梢，还三天两头到夫人家里警告，满腔醋意如火山喷发。

母亲性格内向，她被千佳子这种风风火火、爱管闲事的行为弄得目瞪口呆，生怕这件丑事传扬开去。即使当着菊治的面，千佳子也对母亲大讲太田夫人的不是。她看到母亲对此不感兴趣，就说讲给菊治听听也好。

"那次我去她家时，狠狠数落了她一通，谁知被她的孩子听到了，于是，隔壁传来了抽抽噎噎的啜泣声。"

"是她女儿吧？"母亲皱起眉头。

"是的。听说十二岁啦。太田夫人真是愚钝，我刚要骂那孩子，谁知她特地把孩子抱了过来，让她坐到膝盖上，当着我的面，母女二人抱头痛哭。"

"那孩子也怪可怜的。"

"所以嘛，我也把她当作出气筒啦。因为她母亲的事她也全都知道。不过，那姑娘倒是长着一张桃圆脸，好可爱呢。"千佳子边说边瞧着菊治。

"我们菊治少爷，要是也能跟老爷说说就好啦。"

"请你不要再拨弄是非了。"母亲警告她。

"夫人有苦只肯往肚子里咽，这可不行啊，干脆一股脑儿吐出来不好吗？您看您瘦成这副模样，可人家倒是白白胖胖的。虽说她少个心眼儿，可只要惹人怜爱地哭上一阵子就行啦……不说别的，单说她接待您家老爷的客厅里，还大大方方悬着她亡夫的照片呢。您家老爷竟然一点也不在乎。”

就是这么一位夫人，在父亲死后，领着女儿来出席千佳子的茶会了。

菊治仿佛被兜头浇了一盆冷水。正如千佳子所说，尽管今日没有邀请太田夫人，父亲死后，千佳子却依然和太田夫人保持来往。这一点，他万万没有料到。也许太田夫人还让女儿向千佳子学习茶道呢。

“如果您不乐意，那就叫太田夫人先回去算啦。”千佳子盯着菊治的眼睛。

“我没有关系，她们自己想回去的话就请自便吧。”

“她要是能如此善解人意，过去又怎么会惹得老爷、太太烦心呢？”

“不过，一起来的还有小姐吧？”

菊治未曾见过这位遗孀的女儿。他不愿当着太田夫人的面和那位拿着千羽鹤包裹的小姐见面，

17

更不愿在这种场合初会太田的女儿。可是，千佳子的声音总在他耳边响起，不断刺激着他的神经。

"反正她知道我来了，想逃也逃不掉呀。"

说着他站了起来，从壁龛旁进入茶室，顺势坐在入口处的上座。千佳子跟着进来，郑重地介绍：

"这位是三谷少爷，三谷先生的公子。"

菊治重新向大家鞠躬致意，一抬头，清清楚楚看见了小姐们。他心里有点紧张，眼前和服的色彩让人眼花缭乱，弄得他再也分不清谁是谁了。定下神来仔细一看，才发现太田夫人正和他面对面坐着。

"噢呀！"夫人的这一声，全体茶客都听到了，那声音听上去十分诚恳而充满怀念。

"久违啦，好长时间没见啦。"夫人继续说着，又轻轻拉一下身边的女儿的衣袖，示意她赶快行礼。那位小姐有些难为情，红着脸鞠了一躬。

菊治实在有些意外。看夫人的态度，没有丝

毫的敌视和恶意，反而满含思念。看来，和菊治的不期而遇倒使她异常高兴，甚至让她忘记了自己在满座客人眼中是个什么身份。小姐一直埋头不语，夫人也似乎因此有所觉察，她的双颊变红了，眼睛看着菊治，似乎想到他身边和他说说话。

"还在做茶道吗？"

"不，我一向不做。"

"是吗？这可是贵府的祖传之艺啊。"

夫人激情满怀，眼睛也濡湿了。

自打父亲葬礼之后，菊治再未见过太田夫人。她和四年前相比，没有多大变化。白皙而细长的脖颈，以及与此不太相称的浑圆肩膀，体态比实际年龄更显轻盈些。眼睛稍大，鼻子和嘴巴则显得小了。细细打量起来，那鼻子小巧得恰到好处，令人舒心。说起话时嘴唇看上去有点向上翘。

小姐的长脖颈和圆肩膀明显继承自母亲，嘴巴则比母亲的大，紧闭着。比起女儿的嘴，母亲的小嘴反而显得有些特别。小姐的眼睛比母亲的更乌黑闪亮，含着几分悲愁。

千佳子瞅着炉子里的炭火。

"稻村小姐，给三谷少爷献杯茶，好吗？你还没有点茶吧？"

"哎。"

手拿千羽鹤包裹的小姐应声走过去。菊治知道，这位稻村小姐坐在太田夫人旁边。但他自打看到太田夫人和太田小姐之后，总是避免把眼珠转向稻村小姐。千佳子让稻村小姐点茶，大概是想给菊治看看吧。

小姐走到茶釜前，回头望望千佳子。

"茶碗呢？"

"哦，就用那只织部瓷[1]的好啦，"千佳子说，"这是三谷少爷府上老爷最喜欢的茶碗，后来老爷送给我啦。"

小姐面前的这只茶碗，菊治是记得的。父亲一定用过这只茶碗，因为这是从太田遗孀手里接

---

1 织部瓷茶碗，常为绿色或者黑色，上饰褐色的古朴图案，是在著名茶人古田重然（其官职名为织部正）指导下，由美浓（今岐阜）的工匠生产的。"织部风格"也常出现在彩陶茶盘、水壶等其他茶道用具上。

管的那只茶碗。

亡夫的这件心爱之物，从父亲手里，转到千佳子处，眼下又出现在这茶席中。太田夫人是以何种心境看待这一切的呢？

他对没头脑的千佳子甚感惊讶。可要说没头脑，太田夫人不是更加没头脑吗？

面对中年女子纷乱繁杂的过去，菊治感到，正在点茶的小姐那清净的模样，显得多么纯洁、美丽！

三

千佳子打算让菊治瞧瞧手拿千羽鹤包裹的这位小姐，可小姐自己也许还不知道她的良苦用心吧。

小姐大大方方完成了点茶，亲自把茶碗送到菊治面前。

菊治喝完茶，稍稍端详茶碗。这只黑织部[1]瓷茶碗正面白釉的底色上，用黑釉描画出了嫩蕨菜的花纹。

"还有印象吧？"对面的千佳子问。

"怎么说呢。"菊治模棱两可地应着，放下茶碗。

"这蕨菜的芽明显表现了山乡的气息。这是适合早春时节的茶碗，是您家老爷用过的。现在才拿出来，虽然现在有点过了季节，但正好献给少爷。"

"不，我父亲用没用过，对这只茶碗来说并不重要。毕竟这只茶碗是利休[2]所在的桃山时代传下来的名物[3]。数百年间为众多茶人所爱，一代代传

---

1　织部陶瓷目前分为八类：志野织部、黑织部、青织部、总织部、绘织部、鸣海织部、赤织部，以及伊贺织部。黑织部整体使用铁质釉彩，烧成后用铁钩自窑中拖出，立即放入冷水中，其色漆黑，优雅光洁。

2　千利休（1522—1591），日本茶道的宗师，被日本人奉为"茶圣"，曾作为茶头先后侍奉织田信长和丰臣秀吉。上文提到的古田重然也是利休的弟子。

3　凡有一定来历的优秀传统茶具，皆谓之"名物"。利休以前，尤其是产于东山时代的称为"大名物"，产于利休时代的称为"名物"。经常有人误将"大名物"当作"大名所用之物"。

承下来。我父亲一人算不了什么。"

菊治说着，他想忘掉自家同这只茶碗的因缘。

这是一只有着奇特因缘的茶碗，太田传给太田夫人，太田夫人传给他的父亲，父亲又传给了千佳子。其间，太田和父亲这两个男人死了，留下了两个女人。

如今，这只古老的茶碗又在感受着太田遗孀和她的女儿、千佳子、稻村小姐，还有其他小姐的芳唇吮吸和纤指抚摸了。

"我也想用这只茶碗喝茶，刚才用的是别的茶碗呢。"太田夫人冷不丁说道。

菊治再次感到惊讶。她到底是在卖乖装傻，还是本就厚颜无耻？

太田小姐一直俯首不语，菊治对她颇为同情，再也看不下去了。稻村小姐又为太田夫人点茶，全座的目光都集中在她身上。这位小姐也许不知道这只黑织部瓷茶碗的因缘吧，她的动作只是在遵循平常的套路。

这是一次无可挑剔的点茶，动作朴实，姿态纯正，身体上下，皆富品位。

嫩绿的树叶映着小姐身后的格子门，小姐身着绚丽的振袖和服[1]，那肩头和衣袖仿佛也摇曳着柔和的树影。一头秀发光洁耀眼。如此看来，这间茶室的光线自然显得过强了，不过，倒反而映衬出小姐青春的亮丽。小姐所持的绯红色茶巾[2]，鲜艳而不粗俗，握在她的素手里，仿佛一朵红花绽开。

小姐的周围，似乎飞舞着千百只小小的白鹤。

太田遗孀将织部瓷茶碗捧上手心，说道：

"这黑釉里的青青茶汤，宛如一团萌发的春绿啊。"

可她绝口不提这是自己亡夫的遗物。

接着，大家例行公事般观赏茶具。小姐们对

---

1　振袖和服，未婚女性最正式的一种礼服，以袖长、华丽为特点。。

2　茶巾，原文为"袱紗"，用于擦拭茶具，或者观赏茶具时垫在茶具下。长宽约30厘米，质地多样，颜色常有红、紫和松叶色等。

茶具不怎么了解，基本只是听千佳子的讲解。无论水壶还是茶勺，从前都是属于菊治父亲的物件，可是千佳子和菊治都没有明说。

小姐们回去了，菊治一坐下，太田夫人就挨了过来。

"刚才实在失礼了，您生气了吧？我一看到您，心里立即涌起一股怀念之情。"

"唔。"

"您出落得好帅气呀。"

夫人眼里浮现着泪光。

"对了，对了，太太的葬礼……我本想参加来着，可是没有去。"

菊治神情黯然。

"老爷和太太相继去世……您想必很孤单吧？"

"唔。"

"还不回家吗？"

"嗯，稍等一会儿。"

"很想找个时间，同您说说话。"

"菊治少爷！"千佳子在隔壁叫喊。

太田夫人随即满怀依恋地站起身，太田小姐在院子里等着。母女一起向菊治颔首告别，太田小姐眼里暗含一种求助的神色。

隔壁房间里，千佳子带着两三个弟子和女佣一道收拾茶具。

"太田夫人都说了些什么呀？"

"没有……什么也没说。"

"您要提防着点，她看上去似乎又和顺又恭谨，总是装出一脸无辜的表情。可谁知道她在想些什么。"

"她不是还经常出席你的茶会吗？也不知道从什么时候开始的。"菊治的口气带着几分讽刺。他想逃离这里恶浊的空气，于是来到外面，千佳子也跟了过来。

"怎么样，是位好小姐吧？"

"是位好小姐。要是没有你和太田夫人，还有我父亲的亡灵在身边徘徊扰乱，那就更好啦。"

"您怎么这般斤斤计较呀？太田夫人和那位

小姐毫无关系嘛。”

“我只是觉得对不住那位小姐。”

“有什么对不住她的。您不愿意看到太田夫人，这个我该向您道歉。可我今天并没有请她呀。稻村小姐的事，您也要另当别论。”

“那好，今天就告辞啦。”

菊治说罢又站着不动，他怕边走边说，千佳子更不会马上离开。

终于只剩下他一个人了。这时，他才发现眼前的山麓遍布着杜鹃花的蓓蕾，于是大口呼吸起来。他对应千佳子之邀来这里的自己感到憎恶，可那位手拿千羽鹤包裹的小姐，却给他留下了鲜明的印象。

看到父亲的两个女人与自己同席，之所以没有觉得心中郁闷，都是因为有那位小姐在场啊！

然而，这两个女人如今还好好的，还在谈论着父亲，母亲却已经死了。他每每想起这一点就怒火中烧，千佳子胸前丑陋的黑痣也随之浮现在他眼前。

晚风吹拂着翠绿的新叶，菊治摘掉帽子，慢悠悠地走着。远远便看见太田夫人站在山门边的绿荫里。他立即就想躲开她，赶忙环视四周。看样子，只要登上左右两旁的小山，就可以不经过山门。

可是，菊治稍稍紧绷起双颊，还是往山门走去。那位遗孀一眼看到他，反倒迎过来了。她的双腮染着桃红。

"我想等着再见您一面呢。您或许认为我是个厚脸皮的女人吧？可是，就那么走了，我有些不舍得……再说，一旦分别，还不知什么时候能再见到呢。"

"小姐她呢？"

"文子呀，她先回去啦，是和朋友一起走的。"

"那么，小姐知道您是在等我吗？"菊治问。

"嗯。"夫人答道，她瞧着菊治的脸。

"这么说，小姐不会感到憎恶吗？刚才在茶席中，她好像不愿意和我面对面。小姐好可怜呀。"菊治说得很露骨，但听起来又很婉转。

"那孩子见到您，一定很痛苦吧？"夫人直截了当地回答。

"是我父亲让小姐吃尽了苦头啊。"

菊治的言外之意是，正像太田夫人的事也让自己吃尽苦头。

"不是因为这个，实际上，文子很受老爷的疼爱呢。关于这些，我会找个时间慢慢对您说。一开始，那孩子对老爷的一番好心似乎并不怎么领情。可是战争快结束那阵子，在那场可怕的大空袭里，她似乎有所触动，态度完全变啦，对老爷也就尽心尽力起来。一个女孩家，说尽心也就是弄只鸡、做点小菜什么的给老爷送去，出去买买东西罢了。不过都是冒着生命危险，全心全意干着的。飞机正丢着炸弹她也不顾，从很远的地方扛来了大米……由于转变得太快，老爷也迷惑不解。我眼睁睁着女儿变成了另一个人，总是心疼得要命，同时也深感内疚。"

菊治这才想起，母亲和自己都受过太田小姐的恩惠。那时节，父亲有时会带一些意想不到的礼品回家。他到现在才知道，原来那都是太田小姐买的。

　　"真不知女儿为何会变得这么快啊。可能想到自己不知哪天会死掉，就可怜起我来了吧？所以也就拼着性命对老爷尽心尽力啦。"

　　小姐一定清楚地看到，在战争刚刚宣告失败的那段日子里，母亲拼死依附爱情的样子了吧？一定由于当下的每一天都是那样酷烈，她才舍弃了名为亡父的过去，只去注视当下的母亲吧？

　　"您刚才注意到文子的戒指了吗？"

　　"没有。"

　　"那是老爷送给她的。老爷即便来我这里，一响起警报，也会马上回去，那文子就非送他回家不可。她怕老爷一个人半路上出岔子。有一次，她送老爷没有回来，我想大概是在府上住下了，那样也好嘛。可转念又想，两个人该不会死在路上了吧？第二天早晨等人回来后一问，才知道她送老爷到府上的大门口，回来时在防空壕里熬了一夜。老爷再来的时候说：'文子呀，多亏了你啦。'就把这枚戒指送给她了。那孩子不愿让您看到这枚戒指，她怕难为情啊。"

菊治听罢，心里一阵厌恶。奇怪的是，太田夫人还想当然地以为菊治会表一番同情呢。然而，他对夫人并不感到十分厌恶，也不对她抱着特别的警惕。夫人自有一种使他身心放松的温馨之感。

而太田小姐的百般用心，抑或在于她不忍心看到母亲凄凉的晚景吧。

夫人讲述着自己女儿的故事，在菊治听来，实际上是在诉说自己的爱情。看来夫人有满心的话想一吐为快。然而，这个听她倾诉衷肠的人应该是谁呢？是自己，还是父亲？说得极端些，她似乎还没有找准这个对象。她把菊治当作他父亲追怀不已。

尽管从前他和母亲对太田遗孀的那种敌意依旧未消，现在却已经松弛了大半，他稍不留神就觉得自己仿佛就是被这个女人所爱的父亲。一种错觉引诱着他，自己好像早就和这个女人有着一段情缘。

父亲很快就和千佳子分了手，却和这个女人一直相爱至死，也不是不能理解。菊池心想，千佳子一定会欺负太田夫人，而他自己也被一种残忍之心所驱使，感到一种诱惑——自己似乎可以轻而易举地耍弄她一把。

"您经常出席栗本的茶会吗？她过去可是老欺负您的呀。"他说。

"您家老爷去世之后，她给我写过信。我想念老爷，自己也很孤单。"夫人低着头说。

"都是和小姐一起吗？"

"文子也很不情愿和我一道来。"

他们跨越铁路，穿过北镰仓车站，朝圆觉寺对面的山上走去。

四

太田遗孀少说也有四十五岁了，比菊治要大将近二十岁。然而，她却使菊治忘记了她的年龄，菊治仿佛怀抱着一个比他还要年轻的女人。他切实地和夫人共同感受到了她的丰富经历带来的欢悦，可他临场也毫不畏缩，也没有觉得自己是个缺乏经验的单身汉。

菊治似乎这才初次认识了女人，同时也认识了男人。他对自己这种男性意识的觉醒深感惊讶。女人原来是如此顺从的承受者，如此召之即来、诱之便去的被动者，如此令人销魂的温柔之乡啊！对于这些，菊治以前并不清楚。作为一个独身者，事情过后，他每每有一种罪恶感。此时此刻，这种罪恶感本该最为强烈，然而，他从中尝到的只有甘甜和安谧。

每逢这个时候，菊治都想无情地走开，可他却陶醉于温热的依偎不肯立刻离去，宛若锋芒初试，恋恋难舍。他不知女人的温柔波涛会绵绵蔓延至此。菊治在那波涛中获得暂时的休憩，他志得意满，犹如一位征服者，一边昏昏欲睡，一边令奴隶为自己濯足。

他还感受到了一种母爱。

"栗本这地方有一大块黑痣，您知道吗？"

菊治缩了缩脖颈，说罢又立即发觉自己不小心说漏了嘴。不过，此时的他脑中一片茫然，所以并不觉得这样说千佳子有什么不好。

"布满了乳房呢，就在这里周围，这样……"

菊治说着，伸过手去。他的脑中泛起一种思绪，使他随口说出这件事来。这是有意背逆自我、伤害对方的一种奇矫的心理在作祟。他也许很想看看那块地方，借此稍稍掩饰羞赧而畏葸的心绪。

"不行，太可怕啦。"

夫人悄悄合上衣襟。她似乎没能马上理解菊治的意思，于是又意态安详地问道：

"这事我也是初次听说，不过，遮在和服里看不见吧。"

"也不是完全看不见。"

"哦，究竟怎么回事呀？"

"长在这里，还是可以看到的。"

"瞧您，真讨厌，是想着我也长了痣，所以在这里摸来摸去地找吗？"

"哪里哪里，要是真有的话，这会儿被发现了，还不知是什么心情呢。"

"是在这儿吗？"夫人也看着自己的前胸，"干吗跟我说这些？这种事又算得了什么呀！"

夫人没有上钩。菊治的一番鼓动，对夫人并未起什么作用。于是他只有自讨苦吃：

"总归是不好啊。我在八九岁时，曾见过那黑痣，如今还时时在眼前闪现。"

"为什么呢？"

"就说您吧，不也为那块黑痣所害吗？栗本不就是扮作我和母亲的代言人，跑到您家里大吵大闹的吗？"

夫人应和着，悄悄缩了缩身子。菊治用力抱住她：

"我想就是那会儿，她也不断想到自己胸前的黑痣，所以更加心狠手辣了吧。"

"哎呀，您说得怪吓人的。"

"或许她也想向父亲报仇来着。"

"报什么仇呀？"

"因为那块痣，她始终抬不起头来，一直认为自己被抛弃也是痣的缘故。"

"不要再谈痣的事了，怪叫人恶心的。"

看来夫人不愿再想象那痣究竟是什么样子。

"栗本女士现在看来也不再避讳那块痣了。她活得很好，苦恼也已成为过去。"

"苦恼一旦过去，就再也不留痕迹了吗？"

"有时过去了，回头想想，还蛮怀念的呢。"

夫人恍恍惚惚地说着，似乎依然留在梦境之中。

菊治本来不愿说的一句话，这时也吐露出来了：

"刚才在茶席，您身边不是坐着一位小姐吗？"

"嗯，雪子小姐，稻村先生的女儿。"

"栗本喊我来，就是为了叫我看看那位小姐。"

"唔。是来相亲的吗？我一点也没看出来。"

夫人睁大了眼睛，不住盯着菊治。

"不是相亲。"

"可不是嘛，您是相了亲之后出来的呀。"

一道泪水从夫人的眼睛落到枕畔，她的肩膀抽动着。

"造孽，真是造孽，干吗不早点跟我说呀？"

夫人伏面而泣。菊治实在有些意外。

"孽就是孽，和是不是相亲后又有什么关系，完全是两回事。"

菊治这样说道，也完全是这么想的。

这时，稻村小姐点茶的倩影又在菊治的脑中浮现，那个绘有千羽鹤的桃红包裹也渐渐明晰起来。

于是，啜泣着的夫人的身子使他感到一种丑恶。

"啊，真是造孽呀，我罪孽深重，实在是个坏女人啊！"

夫人浑圆的肩膀不住抽搐着。

对于菊治来说，要是后悔的话，也一定会感到无比丑恶。尽管相亲是另外一回事，但眼前的，可是父亲的女人。然而，直到此时，他既不觉得后悔，也不觉得丑恶。

他并不十分清楚，自己为何同夫人堕入了这种境况。一切都是那么自然。夫人刚才的意思，也许是后悔自己诱惑了菊治吧？但看起来夫人并没有打算诱惑菊治，而菊治也全然没有受到诱惑的感觉。况且，菊治内心没有任何抵触情绪，夫人也是一派坦然。可以说，二人的关系中没有任何道德上的暗影。

那天，他们到圆觉寺对面山丘上的旅馆，一起吃了晚饭。菊治的父亲是个谈不完的话题，虽然并非一定要听，但他还是老老实实地听了，显得很是滑稽。夫人也毫不刻意、心怀眷念地诉说着。他一边听，一边感受着她那番恬静的好意，感到自己被包裹在温柔的情爱之中。

菊治觉得，父亲曾经仿佛也很幸福。

既然她说自己造孽，那就算她真的造孽吧。菊治早已失去摆脱夫人的时机，只好委身于甘美的欢爱之中了。或许是潜隐在他心底的那团阴影，逼使他像排毒似的，顺口将千佳子和稻村小姐的事一并抖出来了。说出这些太有效用了。后悔就是一种丑恶，除此之外，菊治甚至还想再对夫人说些残酷的话语。想起这样的自己，他心里蓦然涌出一种自我厌恶的情绪。

"干脆忘掉吧，一切都无所谓啦，"夫人说，"这些个事，又算得了什么！"

"您只是在回忆我父亲吧？"

"嗯？"

夫人怪讶地抬起头来。由于枕着枕头哭泣，她的眼泡有些红肿，眼白稍显浑浊，睁开的眸子还残留着女性特有的倦怠。

"您想怎么说就怎么说吧，我是个可悲的女人吧？"

"胡说。"

菊治一把扯开她的前胸：

"要是有痣，我不会忘记的，印象很深……"

他对自己的话深感惊愕。

"不行，这么盯着看……我已经不年轻啦。"

菊治咧开嘴露出牙齿，凑了上去。

刚才那来自夫人的波涛又上来了。

菊治安然入睡了。

蒙眬之中，他听到了小鸟的鸣啭。在他的记忆里，从嘤嘤鸟鸣里睁开眼睛，仿佛还是第一次。头脑就像被清水洗涤了一番，犹如碧绿的树林被朝露濡湿，没有任何思虑。

夫人背对菊治而眠，不知何时又转过身来，菊治用略带奇异的眼神，支起一只胳膊，望着薄明中夫人的睡相。


## 五


茶会过去半个月后，菊治接受了太田小姐的拜访。

她被引到客厅里，为了让激动的心情平静下来，菊治亲自打开茶柜，用盘子装了些西式点心。他一时猜不出小姐是单独前来，还是夫人因为不好进这个家，等在门口了。一打开客厅门，小姐就从椅子上站起来，低着头。他一眼便看到她那双唇紧闭、下唇微微凸出的嘴。

"久等了。"

菊治绕过小姐，打开面向庭院的玻璃窗。走过小姐身后时，他闻到了花瓶里白牡丹的幽香。她浑圆的肩膀微微前倾着。

"请坐吧。"

菊治说罢，先在椅子上坐下来，不知为何，他感到心里很平静，因为他从小姐脸上，看到了她母亲的面影。

"突然前来打扰，实在有些失礼。"小姐低着头说。

"不必客气，找到这儿不容易吧？"

"嗯。"

菊治想起来了，空袭时就是这位小姐把父亲送回家的。这是他在圆觉寺听夫人说的。他看了一下小姐，想告诉她，但没有说出口。

于是，当时太田夫人温暖的情意，犹如一股泉水涌向心头。他想到，所有的一切，夫人都宽容地原谅了他，使他安下了心。也许正是这份安然，使他对小姐也放松了警惕，不过，他还是没有正面迎望向她。

"我来……"小姐欲言又止，她抬起头，"我来是想拜托您母亲的事。"

菊池屏住呼吸。

"请您原谅我母亲。"

"什么？原谅？"

菊治不由反问道。看来，夫人把他的事也都跟小姐说了。

"要说原谅，该请求原谅的是我。"

"关于府上老爷的事，也请原谅。"

"父亲的事也一样，要说原谅，该请求原谅的是我父亲。我母亲也已经不在，就算要原谅，谁来原谅呢？"

"老爷这么早过世，想来也是我母亲的过错。再说，还有太太也……这事我也对母亲说过。"

"过虑了。夫人也很可怜。"

"先死的是我母亲就好了。"

看样子，小姐感到羞愧难当。

菊治意识到她说的是夫人和他的事，那对她是多么大的伤害啊！

"您能原谅母亲吗？"小姐再次极力央求道。

"什么原谅不原谅，我要感谢夫人才是。"他明确地表示。

"都怪我母亲，是母亲不好，请您别理她了，再也不必记挂她啦。"

小姐说得很快，声音不住颤抖。

"拜托啦。"

小姐请求原谅的话语，菊治听得很明白，意思是：您不要再管她的事了。

"电话也不要再打了……"

小姐说着，脸也发红了。为了遮掩自己的羞涩，她有意抬头看向菊治。她珠泪盈睫，乌黑的眼波里没有丝毫恶意，仿佛在固执地哀求。

"我知道啦，对不起。"菊治说。

"拜托您啦。"

小姐满面羞涩，连那长而细嫩的雪白脖颈也

跟着发红了。她的洋装领子装饰着一道白边，也许正是为了映衬那美丽的细长颈项。

"您打电话约母亲，母亲没有来，是我阻止了她。母亲拼命要来，我就抱住她不松手。"

小姐有些放心了，语调也和缓下来。菊治打电话约请太田遗孀，是在那次之后的第三天。夫人的声音听上去很高兴，却没有到咖啡馆相会。

那次通话之后，菊治一直没有见到夫人。

"事后想想，母亲太可怜啦，可当时就是太难为情，我拼死拼活把她拦下了。母亲就对我说：'那么，文子，你替我回绝吧。'我来到电话机旁，一句话也说不出来。母亲呆呆望着电话机，簌簌流下眼泪，仿佛三谷少爷就站在电话机旁。母亲就是那样的人。"

两人沉默了好一阵子，菊治开口道：

"上次茶会之后，夫人等我，你为何先走了呢？"

"因为我想让三谷少爷知道，母亲不是那种很坏的人。"

"她一点也不坏。"

小姐低下眉来，可以看到娇小的鼻子下那下唇稍稍凸出的嘴。温和的桃圆脸很像她的母亲。

"我很早就听说夫人有个女儿，还曾幻想和你谈谈我父亲的事情呢。"

"我也这样想过。" 小姐点点头。

菊治心想，要是自己同太田遗孀没有任何关系，能和这位小姐无拘无束地谈论父亲，那该有多好。

可是，他之所以能真心实意地原谅夫人，甚至原谅父亲和夫人的事，正因为他和这位夫人之间，并非没有一点瓜葛。这是不是也很奇怪？

小姐意识到已经待得够久了，慌忙站起身来。菊治送她出去。

"要是有时间和你谈谈我父亲的事，以及夫人美好的品格就好啦。"

菊治虽然是随便说说，可他心里确是这么想的。

"好的。不过，您不久就要结婚了吧？"

"我吗？"

"嗯。听母亲说，您已经同稻村雪子小姐相过亲了……"

"没那回事。"

出了门就是一段下坡路，中间微微有些起伏。站在那里回首遥望，只能看见菊治家院子里的树梢。

听了小姐的话，菊治蓦然想起那位千羽鹤小姐的姿影。

太田文子小姐停步向他告别。

他转过身来，和她逆向而行，登上了高坡。

一

森林的夕阳

# 一

千佳子给公司里的菊治打电话。

"今天直接回家吧？"

自己确实是要回家的，可是菊治依然感到不悦。

"嗯。"

"今天就早点回来吧。为了老爷。往常每年的今天都是老爷办茶会的日子。一想起这个，我心里就不能平静。"

菊治沉默不语。

"我扫茶室呢，喂？喂？我正扫茶室呢，打扫的时候，忽然想做上几道菜。"

"你在哪里啊？"

"在您府上，就在这儿。对不起，预先没跟您打招呼。"

菊治很是惊讶。

"一想起这一天，我就坐立不安，想着扫扫茶室，心情或许会好些。本来想先打个电话的，不过，您肯定要拒绝。"

父亲死后，茶室就闲置下来了。

母亲活着的时候，好像时常会一个人进去坐坐。她也不在茶室里生火，只是提着一铁壶开水进去。菊治不愿意母亲进入茶室。母亲会悄悄在里面想些什么呢？他很好奇，很想知道母亲独自在茶室里做什么，但从未偷看过。

可父亲生前，茶室的事皆由千佳子管理，母亲很少进入茶室。母亲死后，茶室一直关着。父亲在世时就在家里做佣工的老保姆，一年会打开几次，通风换气。

"从什么时候开始不打扫了呢？榻榻米擦过几遍了还有霉味，真是没办法呀。"

千佳子说话越来越不知天高地厚了。

"扫着扫着，就忽然想做菜。一时兴起，材料不齐全，不过也准备了点。您就直接回家来吧。"

"好啦，真没办法。"

"少爷您一个人也挺寂寞的，伙上三四个公司同事一起来，怎么样？"

"不行，没有人懂茶道。"

"不懂更好嘛，也只是粗粗准备了一下，请放心地来吧。"

"那怎么行啊。"菊治猛然吐出这么一句话。

"是吗，真叫人失望。怎么办呢？请谁呢？老爷的茶友呢……也没法叫，对啦，叫稻村小姐来吧。"

"开什么玩笑，算了吧。"

"为什么呀？不是很好吗？那件事对方很积极，您再见上小姐一面，仔细瞧瞧，好好谈谈，不行吗？小姐要是来了，就说明她愿意啦。"

"不行，我不同意，"菊治满心烦闷地说，"算啦，别这样，我不回家了。"

"在电话里也不好说，回头再说吧。总之，事情就是这样，您快点回来吧。"

"事情就是这样？就是哪样呀？我可不知道。"

"好啦，权当是我管闲事，行了吧？"

千佳子虽然嘴上这么说，可她那种咄咄逼人的气势还是很明显。

他想起千佳子胸口那一大块痣来。

于是，千佳子扫茶室的扫帚，听起来就像打自己的头脑里扫过，那擦洗廊缘的抹布就像在揩磨自己的脑子。

不说别的，他已经抱有这种厌恶感，千佳子还趁他不在随心所欲闯进家门，还要去做菜，他能不感到奇怪吗？

如果为供奉父亲，只是扫扫茶室，插上鲜花回去，也还可以原谅。

但是，稻村小姐的倩影，出现在淤积于菊治心头的厌恶感里，犹如电光一闪。

父亲死后，自己自然和千佳子疏远了，她莫

非要以稻村小姐为诱饵，和自己重新结缘、紧咬自己不放吗？

千佳子的电话，照例传达了她乐天的性格，让人只好苦笑，不由疏忽大意起来，但同时还带着一种强人所难和不可一世。

菊治认为，自己之所以觉得她是那样咄咄逼人，是因为自己太懦弱了。因为过于胆怯，所以不管千佳子在电话里说什么，他都不能发怒。千佳子正是抓住了他的弱点，才得寸进尺的吧？

下班后，菊治来到银座，进入一家狭小的酒吧。他不得不按千佳子所说的那样回家去，然而，他为自己的怯懦所苦，心情十分沉重。圆觉寺茶会结束后，他意外地和太田夫人在北镰仓旅馆过了一夜。虽然这事千佳子不会知道，但自那之后，她有没有和这位遗孀见过面呢？

他怀疑，电话里的强硬语调，不仅是因为千佳子本来就有的那副厚脸皮。也有可能，千佳子只是在按自己的方式，处理他和稻村小姐的事情。

他无心在酒吧里继续待下去，只得乘上电车回家。

国营电车经过有乐町，开往东京站。透过车窗，菊治俯视着高大街树下的道路。这条道路和国营电车轨道几乎构成直角，东西走向，正好映照着夕阳，宛若一块金属板，发出刺眼的光亮。然而，因为那承受着落日的街树是背阴的一边朝向电车，所以看上去一派浓绿，树荫里似乎很清凉。树木枝条纵横，宽阔的叶子葱茏茂密。道路两边是排列整齐的西式楼房。奇怪的是，街上没有一个人影，直到皇居护城河一带都显得静悄悄的。闪光的车道附近也是一片宁静。拥挤车厢的窗外，似乎只有这条街道，浮现在黄昏奇妙的时间带里，具有一种异域风情。

菊治想象着，那位手拿绘有白色千羽鹤图案的桃红绉绸小包裹的稻村小姐，正走在这条林荫路上，包裹上的千羽鹤清晰可见。

他的心情一下子好了起来。

这时，那位小姐或许已经到了。

53

他胸中一阵激动。尽管如此，千佳子在电话里叫自己邀请同事一起来，听到自己不大积极，就说邀请稻村小姐，她究竟打的什么算盘？是否一开始就想叫小姐来呢？他还是摸不着头脑。

一回到家，就看见千佳子急忙跑到门口：

"就您一个人？"

菊治点点头。

"一个人好啊，她来啦。"

千佳子说罢，伸手来接菊治的帽子和提包。

"又去哪家店里了，是不是？"

也许自己脸上还残留着酒气，菊治想。

"您到哪儿去了？后来我又给公司挂电话，他们说您已经走了。我算着您路上的时间呢。"

"真是奇怪。"

千佳子随意闯进家来，想干什么就干什么，预先连个招呼也不打。

她跟着他来到里屋，打算给他换上女佣拿来的衣服。

"不用啦，这不好，我自己来。"菊治脱下上装，回绝着千佳子，一个人进入更衣室。换好衣服，他打更衣室走出来。千佳子独自坐在那里，说：

"独来独往的，好佩服。"

"啊。"

"这种不自由的日子，总该结束啦，"千佳子睃了菊治一眼，"都看到您父亲受的那份罪了，就不能再学他呀。"

她跟女佣借了下厨的衣服穿在身上，那本是菊治母亲穿的。她把袖子卷了起来，双臂腕子以上的部分白得很不协调，肌肤丰腴，胳膊肘内绷着一条青筋。菊治意外地发现，她的膀子上长着肥厚的筋肉。

"我想还是茶室好些吧，她现在正坐在客厅里呢。"千佳子稍稍正色道。

"茶室里的电灯还能亮吗？之前可从未见过茶室开灯。"

"要么用蜡烛，不是更有情趣吗？"

"那可不好。"

千佳子想起什么似的，继续说道：

"对啦，对啦，刚才给稻村小姐打电话时，她问妈妈也一起去吗。我说，要是能一道来更好。可她母亲不方便，就决定让小姐一个人来了。"

"决定？是你随便决定的吧？冒冒失失请人到家里，不怕人家说你太失礼了吗？"

"这我知道，不过小姐已经在这儿了，她能来，我们即便有些冒失，不也自然消除了吗？"

"此话怎讲？"

"这不是明摆着的吗？喏，小姐今天肯来，就说明小姐对这门婚事很主动、很愿意了呗。这样做倒是有点绕弯子，不过不碍事，事成后，二位就笑我栗本是个怪女人好啦。该成功的事，怎么办都能成功。这是我的经验。"

千佳子一副对此事了如指掌的样子，她似乎看透了菊治的内心。

"你已经跟对方说好啦？"

"哎，说好啦。"

千佳子仿佛要他态度更明朗些。

于是菊治起身，经过走廊，向客厅走去。他

来到大石榴树下，极力想改变自己的神情。他不愿让稻村小姐看出自己有什么不悦。一看到蓊郁的石榴树荫，脑中就浮现出千佳子的那块痣。

菊治摇摇头。客厅前的垫脚石映着落日的余晖。格子门敞开着，小姐正坐在门边一角，光彩照人，使得宽阔而幽暗的客厅角落也明亮起来。壁龛里的水盘养着花菖蒲。

小姐系着绘有旱菖蒲的腰带，实属偶然。不过这也是出于季节搭配的考虑，或许不算太偶然。壁龛里的不是旱菖蒲，而是花菖蒲。叶子和花长得很高。看花的状态，应该是千佳子刚刚才插上去的。


# 二


第二天是星期日，有雨。

午后，菊治独自进入茶室，收拾昨天用过的茶具。他还想重温稻村小姐的余馨，于是从客厅起身，叫女佣拿伞来，正要踩上亭院里的垫脚石，发现屋檐下排水的竹筒裂了，石榴树根前，雨水哗哗地流淌下来。

"那里要修一修啦。"菊治对女佣说。

"是。"

是日雨夜，菊治刚躺下便想起，那流水声他很早以前也听过一次。

"不过，修来修去，没个完呀。趁着还不太破旧，卖掉算啦。"

"现在宅第大的人家都这么说呢。昨天小姐来，看了也大吃一惊，说好大呀。看样子，小姐会住到这里来的吧。"

女佣的意思，似乎是叫他不要卖。

"栗本师傅也说了这样的话吗？"

"嗯。小姐一来，师傅就领她到处看了一遍。"

"什么？真有她的。"

昨天小姐没告诉菊治这件事。他以为小姐经过的只有客厅和茶室，所以今天他也想学着从客厅到茶室走一趟。

菊治昨晚彻夜未眠。茶室里仿佛一直氤氲着小姐的体香，半夜里他还想爬起来再到茶室去看看。

"永远都是彼岸伊人。"他如此想象着稻村小姐，这才又躺下了。

这位小姐居然在千佳子的带领下，在家里走了一圈，这使他甚感意外。

菊治吩咐女佣把炭火送到茶室，自己则踩着垫脚石走过去。

昨夜，千佳子回北镰仓，是和稻村小姐一起出去的，随后女佣收拾了茶具。

菊治只要把摆在茶室角落的茶具重新收好就行了，可他不知道原来是放在哪里的。

"栗本她可能很清楚。"他嘀咕了一句，望着壁龛里的歌仙画[1]。那是法桥宗达[2]的一幅小品，用

---

1　歌仙画，原文为"歌仙絵"，指以柿本人麻吕为首的三十六位杰出歌人的肖像画，画上通常附有一首其和歌代表作。

2　即俵屋宗达（生卒年不详），江户初期画家，长于装饰画和水墨画。"法桥"为僧侣的级别，次于法印、法眼。

的是在薄墨线条之上施以淡彩的技法。

"这画里是谁呀？"昨晚，稻村小姐问他，他没回答上来。

"哦，是谁呢？没有附上和歌，我不知道是谁。这种画里的歌仙，大都一个模样。"

"是宗于[1]吧，"千佳子插嘴说，"他写的和歌是'松林郁郁绿无限，更为春天增颜色'。现在季节稍晚了点，不过老爷很喜欢，一到春天就经常挂出来。"

"究竟是宗于还是贯之[2]，光凭画是难以区分的。"菊治坚持说。

今天再看，画中人一脸意态安然，实在辨别不出是谁。

然而，这幅笔墨简洁的小型画，却给人气象宏阔的感觉。望着望着，仿佛散发出微微的清香。

由这幅歌仙画和昨晚客厅里的花菖蒲，菊治

---

1 源宗于（？—940），光孝天皇之孙。三十六歌仙之一。歌风于平明中时带艳丽和寂寥之感。

2 纪贯之，仅次于柿本人麻吕的三十六歌仙之一。

又想起稻村小姐来。

"我烧水了，想多烧一会儿，等滚开了才好，所以晚啦。"女佣拿来炭火和茶釜。

茶室里有些潮湿，菊治就叫女佣拿火来，也没想煮茶。但他一提到火，女佣就暗自会意，所以也一并烧好了开水。于是，他只能胡乱添了木炭，架上茶釜。他从小就经常跟着父亲出席茶会，已经习惯了，可他从来没有主动点茶的兴趣。父亲也不劝他学习茶道。

水烧开了，菊治把釜盖错开一些，茫然地坐在那儿。他闻到了些许霉味，榻榻米似乎也受潮了。

色调朴素的墙壁，昨天衬得稻村小姐尤其突出，今天就显得黯淡了。

菊治感到，稻村小姐的到来，就好比住在洋房里的人穿着和服赴约一样，所以他昨天对稻村小姐说：

"栗本突然邀你来，实在难为你啦，选在茶室接待你，也是栗本的主意。"

"师傅对我说，今天是贵府老爷办茶会的日子呢。"

"听说是的，这种事我是全都忘记了，根本不考虑。"

"这样的日子，偏要找我这种没什么常识的人来，师傅这不是寒碜人吗……最近也没有好好学习。"

"栗本也是一大早才想起打扫茶室来着，仓促之下，才会有霉味……"菊治支支吾吾地说，"不过，同样是相识，要是不通过栗本介绍就好了。我觉得，很对不起稻村小姐。"

"为什么这么说呢？要是没有师傅介绍，当然没人引我们见面了。"小姐惊诧地望着菊治。

这是她简单的抗议，不过，事情也确乎如此。

那倒也是。没有千佳子，在这个世上，他们两个也许不会相逢。菊治面对这道直射过来的亮光，仿佛承受着鞭子的抽打。

接着，小姐的话听起来像是答应了她和自己

的这门婚事。他是这么想的。

正因如此，小姐诧异的眼神，在菊治看来，却是一道亮光。

但是，自己在小姐面前直接称千佳子为栗本，小姐会有何感觉呢？虽然时间不长，但她毕竟曾是父亲的女人啊，小姐当真知道这些吗？

"栗本给我留下过不好的印象，"菊治的声音在打战，"我不愿意让这个女人染指我的命运。我很难相信，稻村小姐是她介绍来的。"

千佳子也端来了自己的饭盘，谈话就此打住。

"我也来陪陪二位吧。"

千佳子坐下了，她微微躬着腰，似乎要平静一下干活时的急促气息。她瞅了瞅小姐的脸色：

"只有一位娇客，显得太冷清啦。不过，老爷地下有知，也一定会很高兴的。"

"我没有资格进入老爷的茶室呀。"小姐恭谨地敛眉道。

千佳子没有在意，她只顾沉浸在回忆里，滔

滔不绝地讲述着菊治父亲生前是如何使用这间茶室的。

千佳子满以为这门婚事谈成了，临别时，她走到大门口说：

"少爷也到小姐家回访一次吧……下回就该商量日子了。"

小姐点点头，她似乎还想说些什么，但最终也没有开口。蓦然间，她整个身姿显现出本能的羞涩。

这出乎菊治的意料，他仿佛感应到了小姐的体温。然而，在他看来，自己好像被包裹在丑恶的黑幕之中了。

直到今天，这面黑幕仍未去除。

不仅介绍稻村小姐的千佳子不干净，菊治自己也不干净。他一味想着父亲用脏污的牙齿吮吸过千佳子胸前的黑痣，父亲的影像也和自己连在一起了。

小姐对千佳子并不在意，可自己却很在意。不是吗？自己的卑怯和优柔，虽然不是唯一的原因，但也是重要原因之一啊。

菊治表现得那样厌恶千佳子，让稻村小姐和他的婚事看上去就像是千佳子强迫的结果。再说，千佳子本就是个适合被如此利用的女人。

他以为自己的这番用心可能已被小姐看穿，所以好像当头挨了一棒。这时，他好像也看清了自己，不禁愕然。

吃罢饭，千佳子去沏茶，菊治又问道：

"假如说，我们的命运注定操纵在栗本手里，那么对于命运的看法，稻村小姐和我就很不相同。"他的话总有些辩解的味道。

父亲死后，菊治不愿母亲一个人进入茶室。现在想想，父亲、母亲和自己，进入这间茶室时，都有各自的想法。

雨点打在树叶上。

雨水落在雨伞上的声音渐渐近了。

"太田女士来啦。"女佣在门口说。

"太田女士？是小姐吗？"

"是夫人，看样子很憔悴，像是生病了……"

菊治猝然站起身来，伫立不动。

"请到哪儿坐呢？"

"就这里。"

"好的。"

太田夫人淋着雨进来了，看样子她把伞放在大门口了。菊治本以为是雨水沾湿了她的脸庞，没想到那竟是眼泪，因为那水珠正不断从眼睛流到面颊。乍看去以为是雨水，都因为他一开始太疏忽。

"啊，怎么啦？"他几乎叫起来，慢慢靠近她。

夫人坐在被雨水打湿的廊缘上，两手伏地，眼看着就要慢悠悠瘫倒在菊治身上了。廊缘内侧的门槛附近早已湿漉漉。

她泪流不止，那泪水在菊治眼里正如点点雨滴。

夫人的眼睛始终不离菊治，仿佛正是因为有这目光支撑着，才没有倒下。菊治也感到，一旦脱离她的视线，就会有危险发生。

眼窝凹陷，布满细密的皱纹，眼圈青黑，变

成奇妙而病态的双眼皮……可那双正在哭诉般的眼睑，温润而明亮，满含无法形容的柔情。

"对不起，很想和您见面，实在忍不住了。"夫人满含深情地说，那番柔情从她的姿态上也看得出来。要是缺乏这种柔情，单凭那副憔悴的样子，菊治是很难正视她的。

菊治被夫人的痛苦刺穿了心胸。而且，他明明知道这痛苦皆因自己而生，却还是错以为，夫人的一片柔情可以缓解这痛苦。

"要淋湿的，快进来吧。"

菊治蓦然从夫人背后紧紧抱住她的前胸，几乎是把她拖了起来。他的动作有些残酷。

"请放开我，放开来。很轻吧？"夫人想要自己站稳。

"是啊。"

"已经很轻了，最近瘦多啦。"

菊治一下将夫人抱起，连他自己都感到有些吃惊。

"小姐会放心不下的。"

"文子？"

听着夫人的呼唤，他感到文子仿佛也来到了这里。

"是和小姐一道来的吗？"

"我瞒着她呢……"夫人抽噎起来，"那孩子始终守着我，夜里我一有动静，她马上就醒了。她因为我，也变得古怪起来了，甚至说出一些可怕的话。她问我：'妈妈，你为什么只生下我这个孩子？你也可以为三谷老爷生个孩子嘛。'"

夫人说着，改换了一下姿势。

从夫人的口气里，菊治感受到了文子的悲哀。文子的悲哀，抑或正是在于她不忍心看到母亲的悲哀。

尽管如此，文子竟然说出"三谷老爷的孩子"这种话，这深深刺疼了他。

夫人依然凝神注视着菊治。

"今天或许会追过来。我是趁她不在家时溜出来的……她看到下雨，以为我不会外出。"

"怎么，下雨天就……"

"也许她以为我体弱，下雨天走不了路。"

菊治只是点点头。

"前些天文子来过这里吧？"

"是来了，叫我原谅她的母亲，听小姐这么一说，我反而无言以对了。"

"我完全知道这孩子的想法，可为什么还要来呢？啊，真可怕。"

"不过，当时我还是感谢了夫人一番。"

"太好啦，仅凭这点，我本该知足啦……谁知过后，我还是痛苦得受不了，实在对不起。"

"说实在的，没有谁可以束缚住您的，即使有，也只能是父亲的亡灵，不是吗？"

但是，夫人的脸色，并没有被菊治的话打动，他仿佛扑了个空。

"忘掉吧，"夫人说，"接到栗本女士的电话，我真不知道自己为什么那么上火，想想很是惭愧。"

"栗本给您打电话了吗？"

"嗯，今天早上，她告诉我您和稻村雪子小姐的婚事成了……她为何告诉我这件事呢？"

太田夫人的眼睛又溢满了泪水，但她还是笑了。不是凄凉的微笑，而是一种天真无邪的微笑。

"事情还没有定下来，"菊治当即否定，"夫人是不是让栗本觉察出我的一些情况来了？打那之后，您和栗本见过面没有？"

"没见过。不过，她是个可怕的女人，也许早已知道了。今早打电话的时候，她肯定觉得我有些怪。我呀，也真没出息，差点倒下来了，嘴里还叫了一声。尽管是在电话里，对方也听得很清楚。她还说什么'夫人，请您不要妨碍'之类的话。"

菊治皱起眉头，一时说不出话来。

"说我妨碍，这简直是……对于您与雪子小姐的婚事，我只怪自己不好。可从今早起，我觉得栗本女士十分可怕，一想到她，就浑身战栗，实在在家里待不住了。"

夫人有点魂不守舍了，她的肩膀不住震颤着，嘴唇朝一边歪斜、上挑着，她这个年龄的老丑便显露出来。

菊治站起身走过去，伸手按住夫人的肩膀。夫人抓住他的手。"我怕，我好怕呀，"她环顾一下周围，突然颓丧地说，"是这里的茶室吗？"

她这是什么意思呢？菊治只得迷惘地回答："是的。"他的话同样暧昧不清。

"是间好茶室呢。"

夫人是想起死去的丈夫经常应邀来这里呢，还是想起了父亲呢？

"是第一次吗？"菊治问。

"嗯。"

"您在看什么？"

"不，没什么。"

"那是宗达的歌仙画。"

夫人点点头，随后便一直低着眉。

"从前没来过我家吗？"

"是的，一次也没来过。"

"这样吗？"

"哦，只有一次，是老爷的葬礼……"

夫人不再说下去。

"水已经开了，喝杯茶吧，可以缓解疲劳，我也要喝呢。"

"唔，可以吗？"

夫人想站起来，身子摇晃了一下。角落里摆着碗橱，菊治拿来茶碗。他注意到这是昨天稻村小姐用过的那只茶碗，但还是拿了出来。

夫人想打开茶釜，她的手指抖动着，手里的盖子碰撞在茶釜上，发出轻轻的响声。她手拿茶勺，胸部微微前倾，泪水便滴在茶釜的边沿。

"这个茶釜也是您家老爷买下的。"

"是吗？我一点也不知道。"菊治说。

即使听夫人提起这是亡夫的茶釜，他也不觉得反感。对率直地谈起这种事的夫人，他也不感到奇怪。

夫人煮好茶说：

"我端不过去，请过来吧。"

菊治走到茶釜旁，就在那里喝茶。

夫人失了神似的，一头倒在他的膝盖上。

菊治抱住夫人的肩膀，她的脊背轻轻晃动着，呼吸变得细微起来。他感到夫人浑身酥软，自己就像在用臂膀揽着一个婴儿。


## 三


"夫人。"

菊治粗暴地摇了摇夫人。

他双手拢成钳状，扣住她的咽喉和胸骨，发现夫人的胸骨比以前更加凸出了。

"夫人分得清父亲和我吗？"

"太残酷了，不要这样。"

夫人闭着眼睛，嗓音甜美，仿佛不想马上从另一个世界归来。

菊治是对夫人说的，更是对自己心中的不安说的。他也乖乖地被带到另一个世界去了。那只能是另一个世界。在那里，父亲和菊治已经没有什么区别了，那种不安是后来才萌生的。

夫人也许不是人世间的女子，她是人世以前的女子，或是人世最后的女子。

夫人一旦进入那种世界，她死去的丈夫和父亲，还有菊治，就不会有什么区别了吧？

"您一想起父亲，就把他和我当成一个人了，对吗？"

"原谅我吧，啊，太可怕了。我是个罪孽深重的女人。"

夫人眼角的泪水流成了一条线。

"啊，真想死，我真想死啊！要是现在能死，该有多么幸福。菊治少爷，您刚才不是要掐我的脖子吗？您干吗又不掐死我了呢？"

"别开玩笑啦。不过，您这么一说，我真有点想掐掐看呢。"

"是吗？那太好啦。"夫人说罢，伸长了细长的脖颈。

"太瘦了，很好掐。"

"您总不会留下小姐去死吧？"

"不，这样下去，还不是累死吗？文子的事只好拜托菊治少爷了。"

"您是说小姐也和您一样吗？"

夫人沉静地睁开眼来。

菊治对自己的话感到惊讶。这是一句无意中说出来的话，可夫人会如何理解呢？

"瞧，脉搏这么乱……已经不会太久了。"

夫人抓起菊治的手放在自己的乳房下面。也许听到菊治的话以后，她的心脏在剧烈跳动吧。

"菊治少爷多大了？"

菊治没有回答。

"不到三十岁吧？对不起，我是个悲哀的女人，我却不知道呀。"

夫人的一只手臂撑在地上，歪着身子，蜷起腿来。菊治仍坐在那里。

"我呀，来这里不是为了玷污菊治少爷和雪子小姐的婚事，不过，一切都了结啦。"

"结婚的事还没有定下来，您这么说了，我权当您是在为我洗脱过去的罪孽。"

"是吗？"

"就说媒人栗本吧，她是我父亲的女人。为了出气，她总喜欢翻旧账。而您是我父亲最后的女人。我想，有了您，我父亲也是很幸福的。"

"您还是早些和雪子小姐结婚吧。"

"这是我自己的事。"

夫人茫然地望着菊治，面颊失去血色，手按着额头。

"我有些头晕。"

夫人执意要回家，菊治叫了汽车，自己也乘了上去。夫人闭着眼，靠在车子的角落里，身子已经失去支撑，生命亦在飘忽之中。

菊治没有进夫人的家门。下车时，夫人冰冷的手指，从他的掌心里倏忽消失了。

当夜两点钟，文子打来电话。

"是三谷少爷吧？妈妈她刚才……"说到这里，她顿了一下，决然说道，"她去世啦。"

"什么？夫人她怎么啦？"

"她死啦，死于心脏骤停。最近她吃了许多安眠药。"

菊治无言以对。

"所以，我有事想拜托三谷少爷。"

"说吧。"

"三谷少爷要是有要好的医生，能不能请他来一趟呢？"

"医生？要找医生吗？这么着急？"

医生一直没有来过吗？菊治十分不解，接着恍然大悟——夫人是自杀，为了隐瞒真相，文子才拜托了菊治。

"我知道啦。"

"请多关照。"

文子一定是经过深思熟虑，才给菊治打电话的，因此只是简明扼要地向他讲述了经过。

菊治坐在电话机旁，闭上眼睛。

在北镰仓旅馆和太田夫人过夜后，在回来的电车上看见的夕阳，又在他脑中闪现。

那是池上本门寺[1]森林的夕阳。

---

1　池上本门寺，位于东京都大田区，日莲上人圆寂的寺庙。今天的横须贺线不经过此处。

他看到火红的夕阳，流水一般掠过森林的树梢。

黑黢黢的森林浮现在布满晚霞的天空。

夕阳流过树梢，渗进了疲惫的眼睛，他紧紧合上了双眸。

蓦然，菊治觉得，那留在眼帘的夕照的天空里，似乎飞翔着稻村小姐包裹上银白的千羽鹤。

一

志野瓷

# 一

菊治在太田夫人头七的第二天来到太田家。

第一天，想着等到公司下班已是下午，他本打算请假提前去，但临出门又感到心神不宁，所以直到天黑都未能成行。

文子来到大门口。

"啊呀。"文子两手挂地，抬头仰望菊治。她那颤抖的肩膀全靠两手支撑着。

"谢谢您昨天的花。"

"不客气。"

"承蒙献花，我还以为您不会再光临了呢。"

"是吗？也可以先献花，人再来的嘛。"

"可我没有想到这一点。"

"昨天我已经走到这里的花店了……"

"花里虽然没有标上您的大名，可我一看就知道了。"文子真诚地点点头。

菊治想起来了，昨日他站在花店的花丛中，回忆着太田夫人。他立即感到，是这馥郁的花香缓解了自己对罪愆的恐惧。

现在，文子也同样满含温情地迎接菊治。她穿着白底棉布衣服，脸上没有施白粉。稍显粗糙的嘴唇上搽了点淡淡的口红。

"昨天我还是不来的好。"菊治说。

文子歪斜着身子，意思是"请进来吧"。

文子想控制自己，好不哭出声来，就像她在大门口打招呼时一样。可这回，她保持同样的姿势说话，却眼看就要哭起来了。

"您送来鲜花，就不知有多令人高兴了。不过，您昨天也是可以来的。"文子站在菊治身后说。

菊治尽量装出轻松的口气：

"我不愿意让你家亲戚感到厌烦。"

"我已经不考虑那些了。"文子坦诚地说。

客厅里，灵位骨灰盒前立着太田夫人的照片。花却只有昨天菊治送的一束鲜花。

菊治未曾料到，文子只把他送的花留了下来，其余的花也许全都收拾了。也可能这个头七注定寂寥，他有这样的感觉。

"是水壶[1]啊。"

"哦，我以为正合适。" 文子知道菊治指的是灵前插花的水壶。

"好像是件挺好的志野瓷[2]呢。"

那水壶算比较小的一种。里面的花是白玫瑰和浅色的康乃馨，和筒状的水壶十分相宜。

"母亲也时常用它来插花，所以留下了，没有卖掉。"

---

1  即"水指"，此处特指茶道用具中的细长嘴水壶。一般用来在点茶时加水，或清洗茶杯和茶壶。

2  志野瓷，据传为志野宗信于文明至大永年间（1469—1528）在濑户烧制的瓷器。自安土桃山时代开始在美浓烧制，多以白釉为底。其中绘志野（即本篇原日文标题），以不透明的白釉为底，用铁质釉绘制花纹。

菊治坐在灵前烧了香，双手合十，闭上眼睛，表示忏悔。他对夫人的爱满怀感谢之情，同时，这种心情仿佛又在怂恿他。夫人是因罪责难逃而死的吗？是因追逐情爱、终于忍无可忍而死的吗？

置夫人于死地的是爱，还是罪？他整整思考了一个星期，还是迷惑不解。

而今，他在夫人灵前紧闭双眼。尽管夫人的肢体没有浮现在脑海里，可夫人带来的那种令人迷醉的触感，却温馨地包裹着他。奇怪的是，对他来说，也正因这个人是夫人，这一切并不显得不自然。触感再次复苏，不是触摸雕像的感觉，而是一种音乐般的感觉。

夫人死后，菊治长夜无眠，他在酒里加了安眠药，但还是易醒、多梦。可他并不感到噩梦的威胁，而是在梦醒之际，陶醉于那甘美。就算睁开眼睛，脑子里也只有一片恍惚。

即使死去，也能令人感受到她的拥抱，菊治觉得很奇怪。凭他肤浅的经验，实在难以想象。

"我是一个罪孽深重的女子啊！"

夫人和他在北镰仓旅馆过夜时，以及来到家里、走进茶室时，都说了这句话。正如这句话反而更能诱发夫人欣快的战栗和唏嘘，如今，菊治坐在灵前，也在思索夫人的死因——真是她的罪愆吗？这个断论也引诱夫人唏嘘"罪孽深重"的声音在他的脑海复苏。

菊治睁开了眼睛。

文子正在他身后啜泣，不时忍不住哭出声来，接着又强咽回去。

菊治一动不动。

"这是什么时候的照片？"他问。

"五六年前的，是小幅照片放大出来的。"

"是吗？这不是点茶时的照片吗？"

"哎呀，正是呀。"

这是一幅放大了的面部照片，领口下方和两肩外缘都被裁去了。

"您怎么知道是点茶时的照片呢？"文子问道。

"我有这种感觉。眉头稍微低俯，看表情好像正在做什么。虽说看不见肩膀，却看得出身子在用力。"

"因为这张的脸照得有些偏，选的时候还斟酌了一阵子，但这张母亲喜欢。"

"显得很沉静，是张好照片呢。"

"可是脸偏向一侧，还是不太好，人家烧香时，她都不能瞧上一眼。"

"可不，是有这个问题。"

"脸转向一边，又是低着头。"

"这样啊。"

菊治回忆起，夫人临死前还在点茶。她手拿茶勺，眼泪滴在茶釜沿上。当时他走过去，自己端走了茶碗。茶一喝完，茶釜上的眼泪就干了。刚放下茶碗，夫人就一头倒在他膝上。

"照这张像的时候，母亲有些发福，"文子说着说着支吾起来，"还有，这张相片和我很相像，挂在这里，真是有些难为情。"

菊治蓦地回过头去，文子低下眉来。从刚才

起，她就一直凝视着菊治的背影。现在他已经离开灵位，必须面对文子。

难道他要对文子道歉一番吗？

幸好用了这件志野瓷当花瓶。菊治两手向前，轻轻支着身子，如同打量茶具般审视起来。白色的釉里泛着微红，犹如冷艳而温淑的肌肤，菊治用手摸了摸。

"犹如温柔的香梦啊，我喜欢优良的志野瓷。"

他本想说"犹如温柔的女子香梦"，却省略了"女子"二字。

"要是中意，就当作母亲的遗物送给您吧。"

"不。"菊治慌忙抬起头来。

"您要是不嫌弃就收下吧，母亲也会很高兴的。这件东西好像还不错。"

"当然是好东西了。"

"我也听母亲说过了，所以把您送的鲜花也插上了。"

菊治不禁热泪滚滚。

"好吧，我收下。"

"母亲一定很高兴。"

"不过，我不大会再当作水壶使用，以后可能就用作花瓶。"

"母亲也用来插过花，可以的。"

"花也不是适合茶道的花。茶道用具一旦离开茶道，就显得凄凉了。"

"我也不想再习茶道了。"

菊治回头看看，顺势站起来。他把壁龛附近的坐垫移到廊缘边，然后又坐下来。文子一直坐在他身后，始终和他保持距离，膝下也没有坐垫。菊治挪到廊缘边后，文子一个人留在了客厅中央。

文子的手放在膝头，手指微微弯曲，这时颤抖着握了起来。

"三谷少爷，请您原谅我的母亲吧。"

文子说罢，忽地低下头。刹那间，她的身体像是要倒下来，菊治大吃一惊。

"说什么呢？请求原谅的应该是我啊。我甚

至觉得我应该郑重地致歉。可我不知道如何道歉，我愧对文子小姐，没有脸来见你。"

"是我们，应该内疚的是我们，"文子脸上露出羞愧的神色，"真是无地自容呀。"

那一点白粉都没有搽的面颊，直到白皙细长的脖颈，逐渐都泛出了潮红，可知她确乎身心交瘁了。

而那淡薄的血色，越发反衬出她的贫血。

菊治心如刀割。

"我以为你对我憎恶极了。"

"憎恶？怎么会？母亲憎恶过三谷少爷吗？"

"不，害死你的母亲的，不正是我吗？"

"母亲是自己寻死的，我一直是这么想的。母亲死后，我一个人思考了一周呢。"

"打那之后，家里就剩你一个人了吗？"

"嗯。在这之前，我和母亲都是这么生活过来的。"

"是我害死了你母亲。"

"她是自己寻死的，假如说三谷少爷害死了

她，那我更是害死了自己的母亲。如果我必须因为母亲的死而去憎恶谁的话，那么，就应当憎恶我自己。如果让别人承担责任或感到后悔，母亲的死就会变得阴暗而不纯粹，那些反省和后悔就会成为死者沉重的负担。"

"也许确实是这样。可要是我没见夫人……"其余的话菊治没有说出口。

"死去的人能获得饶恕，就足够了，也许母亲正是为了获得饶恕才死的吧？您肯不肯原谅母亲呢？"

说完，她便起身离开了。

听了文子这番话，菊治脑中好像有块大幕终于落了下来。

他想，死者的负担真的是可以减轻的吗？

生者对死者深感忧烦，等于在诅咒死者，这种浅薄的误解也许确实不少。毕竟死者是不能用道德强迫生者的。

菊治再度瞧了瞧夫人的照片。

# 二

文子端着茶盘进来了。茶盘上放着赤乐和黑乐的筒形茶碗[1]。

她把黑乐放在菊治面前，里面盛着粗绿茶。

菊治捧起茶碗，瞅了瞅碗底的"乐印"。

"是谁的作品？"他很唐突地问道。

"我看是了入[2]的吧。"

"红的也是吗？"

"也是。"

"是一对吧？"

菊治瞅着那只红色的茶碗。文子一直把它放在膝前。

用更方便的筒形茶碗代替茶杯，这一点倒是引起了菊治不快的想象。

---

1　即乐烧瓷，最早出现在京都，一种低温烧制的软性陶瓷。只用指尖捏制成型，又名"手捏瓷"，风格通常素朴雅致。赤乐在乐烧瓷中最为普遍。筒形茶碗有深筒茶碗和半筒茶碗之分。

2　了入（1756—1834），乐烧瓷本家乐家第九代陶工，乐家中兴名匠。其制品精巧轻盈。

文子的父亲死后，父亲每每到文子的母亲那里去，就会用这一对乐烧瓷茶碗代替茶杯吧？父亲用黑的，文子母亲用红的，是当作"夫妇茶碗"了吗？

这对茶碗如果是了人的手笔，也没什么不舍得的，说不定还是他们旅行时用的呢。

果真如此的话，文子明明知道这些，却仍为自己拿出这对茶碗来，可是一场不小的恶作剧啊！

然而，菊治并不觉得这是有意的讥刺或什么阴谋。他只觉得这是一个少女单纯的感伤，这感伤抑或也感染了他。

文子和他，都为文子母亲的死所累，他们也许无法摆脱这样的感伤吧。然而，这对乐烧瓷茶碗，却加深了他和文子共同的悲哀。

父亲和文子母亲之间，文子母亲和他之间，还有文子母亲的死，所有这一切，文子也都一清二楚。

隐瞒文子母亲的自杀，也是他们二人的共

谋。

文子的眼角微红，看来她刚才沏茶时，哭过
一场。

"我想，今天还是来得好，"菊治说，"刚才
文子小姐的意思是，死者和生者之间，已经不存
在什么原谅和不原谅了。那么，我可以换种想法，
那就是认定夫人已经原谅了我。"

文子表示理解。

"也只有这样，母亲才会获得原谅啊，虽然母
亲不肯原谅她自己。"

"可是，我到这里来，和你相对而坐，也许是
很可怕的事。"

"为什么呢？"文子看了看菊治，"是指选择
死这件事不好吗？我也有同样的想法。母亲死的
时候，我也一直感到痛悔。母亲不论受到怎样的
误解，她的死亡都不能成为她的辩白。死，拒绝
一切理解。不论是谁，都无法给予原谅的。"

菊治默然不语，他以为，文子也在探索着死
的秘密。死，拒绝一切理解。听文子说出这样的话，

他很意外。

如今，菊治所理解的夫人，和文子所理解的母亲，也许截然不同。

文子没有办法了解作为女人的母亲。

原谅也好，被原谅也好，菊治则只是一味陶醉于女体的温柔之乡，任凭情感之波涤荡。

这黑红一对乐烧瓷茶碗，载着他神游于情感的梦幻中。

文子不知道这样的母亲。从母亲身体里出生的孩子，不理解母亲的身体，这真有些微妙。但母亲身体的形状，又很微妙地传给了女儿。

从在大门口被文子迎接时起，菊治就感受到一种柔情，正是因为他从文子那张亲切的桃圆脸上，看见了她母亲的面影。

如果说夫人犯下错误，是因为从菊治身上看见了他父亲的面影，那么即使在文子酷似她母亲这种令人战栗的诅咒下，受到诱惑的菊治也像夫人一样乖乖就范了。

文子那小巧又微微凸出的下唇有些粗糙。菊

治盯着她，觉得没法和她争执下去了。

怎样才能使这位小姐略表反抗呢？

一种感觉涌起，于是他说：

"夫人也很柔弱，所以她无法活下去了。

"可是我对夫人很残酷，我把自己道德上的不安，或多或少通过这种形式，强加给夫人了。因为我太胆小，太卑怯……"

"是我母亲不好，母亲太不像话啦。其实我认为，无论是和您家老爷在一起时的她，还是和三谷少爷您在一起时的她，都不是母亲自己。"

文子哽噎起来，面孔现出比刚才更鲜丽的红晕。她故意避开菊治的目光，稍稍转过脸，低下头来。

"不过，母亲死后第二天起，我就渐渐认识到，母亲其实是很美的。这不单是我的想当然，而是母亲真的开始独自变得美好了吧。"

"大凡死去的人，都是一回事吧。"

"母亲也许是难堪于自己的丑行才死的吧，不过……"

"我想不是这样的。"

"还有，她实在痛苦得无法忍受啦。"文子的眼中涌出了眼泪，她是想说说母亲对菊治的满心情爱吧。

"死去的人，已为我们的心灵所有，好好珍视吧，"菊治说，"不过，他们都死得太早啦。"

文子明白，菊治指的是他和文子两家的父母。

"你和我都是独生子女。"说出这句话他才觉察，假若太田夫人没有文子这个女儿，自己或许会因为和夫人的关系，陷入更黯淡扭曲的思绪中。于是他接着说，"文子小姐，听说你对我父亲也很亲切，这是夫人告诉我的。"

菊治终于把这句话说了出来，他自以为说得很自然。父亲将太田夫人当作情人，与她们家常来常往。因此他觉得，说开了也没关系。

不料，文子立即双手伏地。

"请原谅，因为母亲太可怜啦……打那时起，母亲时时刻刻想寻死。"

她一直那么伏着身子，不知不觉哭出声来，双肩似乎也没了力气。菊治来得很突然，她没来得及穿袜子，为了把两脚藏在腰后，都尽量团缩着身子。头发扫着榻榻米，从赤乐筒形茶碗上掠过。

忽然，文子哭泣着，两手捂脸出去了。

她好一会儿都没回来。

"今天就到这儿吧，我告辞了。"菊治说着，出了大门。

文子抱着包裹回来了。

"这件东西，请带着吧。"

"哦？"

"志野瓷水壶。"

拿出花，倒掉水，擦干净，包好。文子手脚这么麻利，让菊治颇为惊奇。

"今天就拿走吗？就是那个插了花的？"

"请吧，请带走吧。"

文子是因为难抑心中悲痛才加快了动作吧，他想。

"那我就不客气了。"

"本该由我自己送去的，可我不便去府上拜访。"

"为什么？"

文子没有回答。

"好吧，请保重。"

菊治正要出去。

"谢谢您啦，不要管我母亲的事，请早点成个家吧。"文子说。

"你说什么？"

他回首张望，她没有抬头。


三


带回来的志野瓷水壶，菊治依然在里面插上白玫瑰和浅色康乃馨。

他仿佛直到太田夫人死后才爱上她，这种情绪一直缠住他不放。

而且，他还是靠夫人的女儿文子的启示，才实实在在感觉到自己这份爱的。

　　星期天，菊治试着打电话请邀请文子。

　　"家里还是一个人吗？"

　　"嗯。渐渐觉得好寂寞啊。"

　　"一个人啊，这怎么行？"

　　"是呀。"

　　"家里静悄悄的，电话里都听得出。"文子微微发笑了。

　　"找个朋友陪陪你，不好吗？"

　　"不过，总觉得一来人，母亲的事就会被知道……"

　　菊治无言以对。

　　"一个人也不好外出吧？"

　　"不碍事的，可以锁上门嘛。"

　　"那就请来一趟吧。"

　　"谢谢啦，改天去。"

　　"身体怎么样？"

　　"瘦了好多呀。"

"睡得好吗？"

"几乎整夜睡不着觉。"

"这不行。"

"最近想把这里拾掇一下，也许会搬到朋友家住。"

"最近？什么时候？"

"这里能卖掉的话就搬。"

"卖房子？"

"是的。"

"你真的打算卖吗？"

"是呀，您不觉得卖掉更好吗？"

"这个……是啊，我也正想卖房子呢。"

文子默然无语。

"喂喂，这种事没法在电话里多说。这个星期天我在家，你能来一趟吗？"

"好的。"

"承蒙相送的志野瓷水壶，我插上了西洋鲜花，等你来了，我再当水壶使用……"

"要点茶……？"

"不点茶。不过，如果一次都没当水壶用过，那就太可惜了。再说那件志野瓷毕竟是茶具，也要和别的茶具协调一致才好，否则光泽色彩不合适，就显不出真正的美感。"

"可我这副模样，比上回见面时更寒碜，就不去啦。"

"没有别的客人。"

"可是……"

"那好。"

"再见。"

"请保重。有人来了，再见。"

来人是栗本千佳子。菊治绷起脸，怀疑通话被她听到了。

"天气一直闷得不行，这回很久才盼来个好天气，"她一边打招呼，一边一下子盯住了志野瓷水壶，"马上就到夏天了，茶会也没了，想来茶室坐坐……"

千佳子拿出自家做的点心作为礼品，又抽出扇子。

"茶室里又有霉味啦。"

"可不是吗？"

"这是太田家的志野瓷吧？让我瞧瞧。"

千佳子若无其事地说着，朝着花挨过去。她双手拄地，低着头，粗大的肩头高耸着，又仿佛在喷射毒焰。

"是买的吗？"

"不，是送的。"

"送的？这可是件宝贝呀，是把遗物留作纪念了吧？"千佳子抬起头来，转过身子，"这种东西，还是买下来为好，由小姐送您，总是有些不妙。"

"好了，让我想想。"

"请一定要买下来，太田家的茶具有好多都留在这儿了，不过也都是老爷花钱买下的。夫人受到照顾之后也一样……"

"这些事，我不想从你嘴里听到。"

"得了，得了。"说罢，千佳子翩然离去。菊治听到她在对面的房间和女佣说话，又看到她系着围裙回来了。

"太田夫人是自杀的吧？"千佳子突然冒出这么一句。

"不是。"

"真的不是？我有这种感觉，那位夫人身上，总是飘荡着一股妖气，"千佳子看着菊治，"老爷也说过，那位夫人是个难以捉摸的女子。在我们女人家看来，她总是那般天真无邪，同我们这些人合不来，黏糊糊的……"

"不要再往死人身上吐唾沫。"

"话虽如此，可她死了，还不是给少爷您的婚事添麻烦吗？老爷也为这位夫人吃尽了苦头。"

菊治想，吃苦头的不是你千佳子吗？

对千佳子这个女人，父亲只是逢场作戏罢了。也不是因为有了太田夫人，才对千佳子冷淡了。直到父亲去世，太田夫人一直守在父亲身边，千佳子一直对她恨之入骨。

"少爷这样的年轻人，是无法理解那位夫人的，她死了反而好，真的。"

菊治把身子转向另一边。

"她妨碍了少爷的婚事，这怎么得了啊？她一定是作恶多端导致魔性大发，无法控制才死的。这种女人，还得指望着死后能见到老爷呢。"

菊治打了个寒噤。

"我也到茶室里静静心。"千佳子说着，走到院子里。

菊治一直坐着，瞧着鲜花。

银白和粉红的花朵与志野瓷的颜色融合，一片朦胧。

菊治的脑海里，浮现出独自在家哭泣的文子的倩影。

一

母亲的口红

# 一

菊治刷过牙回到卧室时，女佣正把牵牛花插进葫芦瓶里。

"今天总该起床了。"说罢，又钻进被窝。他仰面躺着，从枕头上扭过头，瞧着壁龛角落里的花。

"开出了一朵啦。"

"今天还休息吗？"女佣退到隔壁去了。

"唔，再歇息一天，会起来的。"

菊治患了感冒，头疼得厉害，已经请假四五天了。

"这牵牛花是哪里来的？"

"缠绕在院子边的阳荷上，刚开了一朵。"

大概是野生的纯净蓝色花朵开在纤细的蔓子上，花和叶子都很小，很是常见。透着几分黝黑的红漆底子古老葫芦上垂挂着绿叶和蓝花，显得十分清雅可喜。

父亲在世时，女佣就来这个家里了，所以很懂这些。

葫芦上有薄漆花押[1]，古旧的盒子上也印有"宗旦[2]"的名字。要是真品，那么这只葫芦，就是三百年前的古董了。菊治不知道茶道插花的规矩，女佣也不得要领。但早晨饮茶，有牵牛花作点缀也很相宜。

历经三百年传下的葫芦里，插着花开一朝的牵牛。想到这里，他对着花瞧了老半天。

---

1　花押，旧时文件末尾作者的绘画式署名。

2　宗旦 (1578—1658)，千家第三代宗匠，千利休之孙。入大德寺作"喝食"（即寺院内向诸僧报告菜式的蓄发少年），继承家业后，观利休末路，终生不仕。精通侘茶，主张"茶禅一味"。在宗旦子孙的倡导下，茶道出现"表千家""里千家""武者小路千家"三个流派。

较之在三百年前的志野瓷水壶里插西洋花，还是这样更合宜吧？

但是，这支牵牛花能活多久呢？他心里感到不安。

菊治对伺候他吃早饭的女佣说：

"那支牵牛眼看着就要凋谢了，刚才还不是这样的。"

"是吗？"

菊治忽然想起，自己曾经打算在文子送的她母亲的遗物——志野瓷水壶里，插上牡丹花。

拿来水壶的时候，已经过了牡丹花的花期。不过那时应该还有其他地方的牡丹花在开吧。

"家里原来有这只葫芦，我倒是早忘了，亏得你找出来了。"

"哎。"

"你见过父亲在葫芦瓶里养牵牛花吗？"

"没有，牵牛花和葫芦都属于蔓生植物，我就想试试看……"

"什么？蔓生……"

菊治笑了，他有些泄气。读报读得头疼了，就躺在客厅里。

"床铺还是原样吧？"

"我这就去整理一下。"女佣正在洗涮，听到菊治的话，揩揩手走过来。

其后，菊治走到卧室一看，壁龛里的牵牛花没有了。

葫芦瓶也没有挂在壁龛里。

"唔。"

花瓣有些打蔫了，是为了不让他看见才拿走的吧？

听女佣说牵牛和葫芦这些都是"蔓生植物"，菊治笑了。看来父亲的生活习惯，依然保留在女佣的这些习惯里。

但是，壁龛的正中央，却突出地摆着志野瓷水壶。要是文子来这里看到了，她一定认为这样做太草率了。菊治从文子那里拿来这只水壶后，立即插上了白玫瑰和浅色的康乃馨。

在母亲的灵位前，文子也是这样做的。这白

玫瑰和康乃馨是菊治在文子母亲头七时献上的。他在带着水壶回来的路上，又到前一天去过的那家花店，买了同样的鲜花。但是，之后他只要摸一下这只水壶，胸中就怦怦直跳，所以菊治不再插花了。

走在路上，每每看到中年妇女的背影，他就会被一下子吸引住。等一回过神来，就不由嘀咕道：

"简直是个罪人。"

随之，神情又会黯淡下来。再定睛看过去，那背影已经不像太田夫人了，只是那丰腴的腰肢有几分相似。

菊治在这瞬间里感受着一种战栗的渴望，但也在同一瞬间里，感受着甜蜜的迷醉和恐怖的震撼。他似乎从犯罪的瞬间里醒悟过来了。

"是什么使我成了罪人呢？"

菊治喃喃自语，似乎在力图摆脱什么，然而，回答他的只是一种想和夫人相会的强烈欲望。

死者生前肌肤的触感时时鲜活地映现于脑际，

他想，只有从这样的境界逃逸出来，自己才能得救。是道德的苛责造成了官能的病态。

菊治把志野瓷水壶收在盒子里，钻进被窝。他向庭院望去，这时响起了雷声。虽然遥远，但很剧烈，而且每响一阵，就好像离他更近一些。

闪电开始穿过院子里的树木。接着，下起阵雨来了，雷鸣渐行渐远。院内泥土飞溅，雨势很大。

菊治起身，给文子打电话。

"太田小姐她搬家了……"对方回答。

"什么？"菊治不由得一惊，"对不起，那么……"文子卖了房子，菊治想，"搬到哪里了，知道吗？"

"哎，请等一等。"

对方好像是名女佣，不一会儿便回到电话机旁，像是在读字条，告诉了他新的地址。

房东姓户崎，家里也有电话机。菊治便打电话到那户人家。

"让您久等啦，我是文子。" 文子的声音听上去很开朗。

"文子小姐吗？我是三谷，我给你家里挂电话了。"

"对不起。"文子压低了声音，听上去很像她的母亲。

"你什么时候搬过去的？"

"哎，是……"

"你没有告诉我呀。"

"最近把房子卖了，一直住在朋友家里。"

"唔。"

"该不该告诉您呢？我一直犹豫呢。当初没打算告诉您，也觉得不好告诉您，就没告诉。近来又后悔瞒着您。"

"可不是吗。"

"哎呀，您也这么想吗？"

菊治说着说着，全身仿佛得到一番洗涤般的清爽。打电话竟然也能有这样的感觉？

"每当看到你送我的志野瓷水壶，就想见你啊。"

"是吗？我家里还有一件志野瓷，是小型的

筒形茶碗。本来打算和水壶一并送您的，可是母亲用它喝过茶，茶碗边缘还留着母亲的口红印呢……"

"啊？"

"母亲是这么说的。"

"你是说瓷器上留着夫人的口红，对吗？"

"不是没有擦过，可母亲说，口红一沾上茶碗口，便怎么也擦不净。那件志野瓷本来就是薄胎红瓷，母亲去世后，我再看那茶碗口，还是能看到有一处透着朦胧的红晕。"

文子是在无心地诉说这一切吗？

菊治听不下去了，于是打断道：

"这里下了猛烈的阵雨，你那里呢？"

"这里是倾盆大雨，雷声很大，吓得我缩成一团啦。"

"下雨后会清凉一些。我也休息四五天了，今日在家，方便的话，请过来玩吧。"

"谢谢了，去拜访也得在找到工作之后。我很想工作啊……"没等菊治回答，文子抢先说，"接到您的电话，我很高兴。我会去拜访您，虽然不该再见您，但是……"

阵雨过后，菊治叫女佣收起了床铺。给文子打电话，结果竟把人家招了来，他自己也感到惊讶。更没料到的是，听到那位小姐的声音时，他和太田夫人之间罪孽的阴影反而消泯了。

是那姑娘的声音，使他感到她的母亲依然活着吗？

他决定刮胡子，便拿着用来抹肥皂的刷子在庭院的树叶上扫了扫，让雨滴将其濡湿。

过午，菊治心里只是想着文子要来，谁知走出大门一看，来人竟是栗本千佳子。

"哦，是你？"

"天热了，好久没见了，特地过来看看。"

"我有点不舒服。"

"那可不行，您脸色很不好呀。"千佳子皱起眉头，瞧着菊治。

文子可能会穿洋装来，怎么听到木屐的响声就误以为是文子呢？真奇怪。菊治一边思索，一边问道：

"修整牙齿了吧？看上去年轻多了。"

"梅雨时节，趁着闲空……这假牙还是太白了些。反正很快就会脏的，不碍事。"

千佳子走过菊治刚刚躺着的客厅，瞅了瞅壁龛。

"什么也没有，这回可利索啦。"

"唔，是梅雨季节了，不过，还可以摆点花什么的……"菊治说。

"太田家的志野瓷哪儿去啦？"千佳子回过头来。

菊治沉默不语。

"我看，还是还给她的好。"

"那是我的自由。"

"不能这么说呀。"

"至少不是你该管的事。"

"那也不见得。"

千佳子笑了，露出雪白的假牙：

"今天我又要惹您头疼啦，"她说着，猛地两手摊开来，"假若您不让我把这个家里的妖气赶走，那就会……"

"你不要唬人。"

"我是媒人，今天要提几个条件。"

"要是稻村小姐的事，劳你费心了，我拒绝。"

"哟，哟，不要因为讨厌我这个媒人，就把自己的美满姻缘耽搁啦，那不就太小家子气了吗？媒人嘛，只是搭个桥，您只要等着上桥就行啦。当年老爷就是这样使唤我的，他倒挺轻松的。"

菊治满脸不高兴。

千佳子有个怪癖，谈话时一旦兴致上来，就会高高耸起双肩。

"说起来也很自然，我呀，和太田夫人不同，我很轻贱。这些事应该毫不隐瞒地告诉您的。遗憾的是，在老爷玩过的女人里，我是够不上数的。他看不上我……"说罢，她低下了头，"可我一点也不怨恨他，此后，只要有用得到我的地方，他就一直随意使唤我……男人嘛，就是可以随意使唤自己相好的女人。托老爷的福，我也因此对世俗人情十分熟悉。"

"唔。"

"所以，我的这个特长，少爷您也可以利用啊。"

菊治认为她说的也很在理，不由自主便上了钩。千佳子从和服腰带里抽出扇子。

"一个人太男人气，或者太女人气，就无法真正了解这个社会。"

"是吗？那么所谓了解，就只有不男不女的中性人才可以做到喽？"

"干吗讽刺人呀？要是真成了中性人，反倒能一眼看破男人或女人的心理。太田夫人和独生女儿相依为命，亏得她撇下闺女自己去寻死了。依我看，她是另有企图。她是想，自己死后，您这位菊治少爷不就可以照料她女儿了吗……"

"说到哪儿去了？"

"我苦苦思索了很久，终于解开了这个疑团。我的意思是说，太田夫人不惜以死毁掉少爷的这门婚事，她的死没有这么简单，她一定别有用心。"

"你这是在胡思乱想。"菊治嘴里说着，心里却被千佳子的这种"胡思乱想"搅扰，不得安宁。

"少爷，稻村小姐的事，您也对太田夫人说了？"

此言一出，犹如电光一闪。菊治想起来了，可又佯装不知。

"不就是你给太田夫人打电话，说我的事已经定下了吗？"

"不错，我是告诉过她，我叫她不要捣乱。她当晚就死啦。"

一阵沉默。

"可是，我打电话，少爷怎么会知道呢？她向您哭诉来着？"

菊治一下子被问倒了。

"是的吧？当时她在电话里还'啊'地大叫了一声呢。"

"这么说，等于是你把她害死的！"

"少爷这么想，就可以解脱了，是吧？我都习惯当恶人了。老爷就可以根据需要，随时叫我扮演一个冷酷无情的坏女人。今天我干脆再做一次恶人吧，虽然不是为了报恩。"

千佳子的嫉妒和憎恶是根深蒂固的，可听她的口气，似乎又在表露心扉。

"这些内幕，还是装作不知道吧……"

"少爷就把我当成一个可厌的女人，朝我皱眉头好啦……总之，我一定要赶走这个妖女，助您缔结良缘。" 千佳子好像在盯着自己的鼻尖说话。

"什么良缘不良缘的，就此打住吧。"

"是了，是了。我也不想再谈到太田夫人了，"接着，千佳子和缓地说，"太田夫人也并不坏……自己死了，还在不声不响地为女儿和少爷祈祷……"

"又胡说八道了。"

"难道不是吗？您以为她活着的时候，从来没打算过把女儿许给少爷您吗？那您也太麻木啦。她这个人，不管是睡着的时候，还是睁着眼睛的时候，都一心一意只想着老爷，妖魔一样死缠不放，痴情倒也算真痴情。稀里糊涂把女儿也拖下水，最后还搭上了一条命……旁人看来，这一切就像可怖的鬼神作祟或诅咒，她是布了一张魔性之网啊。"

菊治和千佳子对望了一下。

千佳子那双小巧的眼睛向上翻了翻。

因为躲不开她的目光，菊治只好转向一侧。

千佳子那张嘴，菊治也不得不让三分。因为他自己一开始就有弱点，所以对于千佳子的奇谈怪论也有些惧怕。

死去的太田夫人果真希望女儿文子和自己结成一对吗？他根本没想过。他不相信这说法。

只是千佳子出于嫉妒，又在信口胡说吧。

千佳子的胡乱猜度就像她胸口的黑痣一样丑恶。然而，这种奇谈怪论，对于菊治来说，就像劈到头上的一道闪电。

他感到惧怕。

自己不也希望这样吗？

母亲去世，随之移情于女儿，世上不是没有这种事。但是，一边陶醉于母亲的拥抱，一边倾心于女儿的柔情，而自己又浑然不觉，这不是中了邪魔，又是什么呢？

菊治现在想想，打从见到太田夫人，自己的性格便为之大变。

他有点恍惚了。

"太田家的小姐来啦，说要是有客，她就改天再来……"女佣进来通传。

"哦，她回去了？"

菊治走出大门。

## 二

"刚才太冒失啦……"

文子伸着白皙而细长的脖颈仰望菊治。喉头与胸脯交界的凹窝里蒙着一层淡黄的阴影，不知是光线所致，还是因为自身的憔悴。看着那淡黄的阴影使得菊治感到几分安然。

"栗本来了。"菊治淡然地说。他出来时还有些拘谨，一见文子，反而轻松了许多。

"看到师傅的阳伞啦……"文子会意答道。

"唔，这把蝙蝠伞吗……？"

一把鼠灰色的长柄蝙蝠伞靠在大门边。

"这样吧，先到旁边的茶室里等等，好吗？栗本那婆子就要回去了。"他这样说着，甚至怀疑起自己来，明明知道文子来了，干吗还不把千佳子赶走呢？

"我呀，没关系的……"

"是吗？请吧。"

文子似乎对千佳子的敌意毫无觉察，径直到客厅问候千佳子，感谢千佳子对她母亲去世的悼念。

千佳子见到徒弟，稍稍耸着左肩，反转过身子，就像在监督徒弟练习茶道。

"你母亲是个好心眼儿的人，这个世界上好人是活不下去的，她这一走就像最后一朵鲜花坠地呀。"

"她并没有那么好。"

"其后小姐孤身一人，想必夫人也会牵挂吧。"

文子低下眉来，她那稍稍翘起的下嘴唇紧闭着。

"一个人孤单单的，还是学点茶道吧。"

"哦，我早已……"

"可以消愁解闷嘛。"

"我的身份已经不适合学茶道了。"

"怎么这么说？"千佳子扶在膝头的双手向左右一摊，"说实在的，今儿我到这座宅子来，就是想到梅雨过去了，这里的茶室需要打开来通通风。"

说着，千佳子朝菊治睖了一眼。

"文子小姐也来了，怎么办呢？"

"什么？"

"想借你母亲的遗物志野瓷水壶用一下……"

文子抬眼看向千佳子。

"聊一聊你母亲的往事吧。"

"不过，要是在茶室里哭起来，多难为情呀。"

"哦，那就哭吧，想哭就哭。眼看少爷的夫人就要进门了，我也不能再随便来茶室了。这可是间令人怀想的茶室啊……"千佳子笑笑，又说，"和稻村家雪子小姐的婚事定下的话……"

文子点点头。她的脸上没有任何表情。可是，那酷似母亲的桃圆脸看上去很憔悴。

"说这些没影儿的事，不是诚心叫人难堪吗？"菊治说。

"我的意思是等定下来之后，"千佳子一句顶了回去，"好事多磨嘛，在事情定下来之前，文子小姐就权当没听说。"

"嗯。"文子再次点点头。

千佳子招呼女佣把茶室扫一扫，便走开了。

"这里的背阴处，树叶还是湿的，请注意。"

千佳子的声音从院子里传来。

# 三

"早晨打电话的时候，也能听到这儿的雨声吧？"菊治说。

"电话里也能听到雨声吗？我倒没在意。您听到我家庭院里的雨声了吗？"文子向院里望去。

一排绿树对面，可以听到千佳子打扫茶室的声音。

菊治望着院子说：

"我跟文子小姐打电话时，也没注意你那里有没有雨声。后来我才感觉到，那是一场很大的雨啊。"

"呀，打雷很可怕呢……"

"是啊是啊，您在电话里也说了。"

"就连这些小事上我也很像母亲。小时候，雷一响，母亲就用衣袖裹住我的小脑袋。夏天出门，母亲总要抬头看看天空，嘴里不住嘀咕：'今天会不会打雷呢？'即便是现在，有时一听到雷声，我还会用衣袖遮住脸。"

文子的肩膀到前胸，隐隐显出些许忸怩：

"那只志野瓷茶碗我带来啦。"说着，她走了出去。等再回到客厅，便将裹着茶碗的包裹递到菊治面前。

菊治犹豫了，没有接。文子又将包裹拉到自己面前，从盒子里掏出茶碗。

"这只乐烧瓷筒形茶碗，也是夫人当茶杯用的吧，是了入制的吗？"菊治问。

"是的，黑乐和赤乐盛粗茶和煎茶不合适，所以母亲爱用这只志野瓷茶碗。"

"是啊，用黑乐盛煎茶，看不出茶的颜色……"

见菊治仍无意拿起那只志野瓷茶碗观赏，文子说道：

"虽说不是什么好的志野瓷，不过……"

"不。"

菊治最终还是不愿伸手。

正像文子早晨在电话里说的，这只志野瓷茶碗的白釉隐隐现出微红，瞧着瞧着，那渗到白釉里的红色越来越鲜艳了。而且，碗口稍稍现出薄茶色，有一处的薄茶色显得很浓。

那里是嘴唇接触的地方吗？看上去像沾上的茶锈，也许是嘴唇弄脏的。

再仔细一瞧，薄茶色里依然泛着微红。

这就是文子说的，她母亲留下的口红的痕迹吗？

这样看来，瓷的开片[1]里也混合着茶色和红色。

口红已经褪色，只剩宛如枯萎的红玫瑰的颜色——又像陈旧的血色。

菊治心里甚觉奇怪，他同时感到了令人作呕的不洁和令人痴迷的诱惑。

茶碗通体青黑，碗身绘有大叶花草，有的叶心透出暗红色。这种花草画单纯而健壮，唤醒了菊治病态的官能。茶碗的制式也凛然优美。

---

1　开片，日语原文为"貫入"，即烧制过程中釉面产生的裂纹。宋代官窑青瓷，以裂纹为特色。其后，"官窑"二字在日本渐误传为"貫入"或"貫乳"二字。

"真好。"菊治说着，将茶碗拿在手里。

"我对瓷器不太懂，可是母亲很喜欢用它来喝茶。"

"这是一只适合女人用的茶碗。"

菊治从自己的话里十分鲜活地感受到了文子母亲这个女人的存在。

文子为什么把渗入母亲口红的志野瓷茶碗拿给自己看呢？他不明白，是文子太天真，还是太缺乏心计了呢？只是，文子那种顺从一切的态度似乎也传染给了他。

菊治将茶碗放在膝头，一边旋转，一边瞧着，指头尽量避免碰到碗口。

"还是收起来吧，给栗本婆子看到，又要麻烦了。"

"嗯。"

文子将茶碗收到盒子里包了起来。她本想送给菊治的，但又不好意思开口，觉得菊治或许并不喜欢。接着她又站起身，把小包放到门口。这时，千佳子弓着身子从庭院走进来。

"请把太田家的水壶拿来吧。"

"就用我家的东西吧，太田小姐还在这里呢……"

"说什么呢，就是因为文子小姐在这儿才要用嘛。我不是说了吗，可以通过这件志野瓷遗物，聊一聊太田夫人的往事。"

"你不是很恨太田夫人吗？"菊治问道。

"我怎么会恨她呢？我们只是性格不合罢了，我不会去恨一个死者。我俩不太投缘，我不是很理解她。但另一方面，有时反而能将她一眼看穿。"

"看穿，看穿，这就是你的癖好……"

"也可以不被我看穿嘛。"

这时，文子来到廊下，接着坐到客厅门口。千佳子耸着左肩，回头看了看。

"我说，文子小姐，让我用一下你母亲的那件志野瓷吧。"

"好呀，请吧。"文子答道。菊治便把刚才放进抽屉里的志野瓷水壶拿了出来。

千佳子把扇子插进腰带，抱起装水壶的盒子，进了茶室。菊治也走到客厅门口。

"今早在电话里听说你搬家了，吃了一惊，家里的事情都是你一个人操办的？"

"嗯。是一位熟人买下来的，还算简单。那位熟人之前临时住在大矶，说房子很小，要和我换一换。不过，再小的房子我也不能一个人住进去。而且，要是上班，还是租房子方便些，所以就暂时住在朋友家里了。"

"工作定了没有？"

"没有，真要出去工作的话，我也没什么特长……"说着，文子笑了，"本来打算等有了工作再来拜访的，既没有房子，又没有工作，孤身漂泊，谁见了都会觉得悲惨的。"

菊治想说，这样的时候来最好。他本以为文子无依无靠，但看样子她也并不寂寞。

"我也想卖房子，但一直犹豫不决。不过，我是一心想卖掉，排水管坏了也没修理，榻榻米也都成了那个样子，席子也没能换一换。"

"您不久就要结婚了吧？到时候……"

文子说得很爽快。

"是听栗本说的吧？你想想，我现在能结婚吗？"菊治看着文子。

"是因为我母亲吗……既然她使您如此痛苦，就不要再去想了，母亲的事已经成为过去……"


# 四


千佳子一向轻车熟路，所以早已把茶室收拾停当。

"您看看和这水壶还相配吗？"

经千佳子这么一问，菊治一时回答不上来，便没有搭腔，文子也不作声。二人一起看着水壶。

本来供在太田夫人灵前用作花瓶，如今又还原为水壶了。

先前太田夫人手中之物，现在又听任千佳子调用了。它在太田夫人死后到了女儿文子手上，文子又把它送给了菊治。

这只水壶的命运也算奇特，茶具大概都是如此吧。

那么在太田夫人之前，也就是这只水壶出现后的三四百年间，它为何种命运的人所有，又是怎样传承下来的呢？

"放到风炉和茶釜旁一对比，志野瓷水壶就像一位美人呢。"

"但那姿影之强健绝不亚于钢铁啊。"菊治对文子说。

志野瓷水壶雪白的肌体透着几分鲜润，光彩照人。

菊治在电话里对文子说，看着这只志野瓷水壶，就想和她见面。也许她母亲的雪肌里也含蕴着女人深邃的毅力吧。

天气暑热，菊治敞开茶室的格子门。从文子身后的窗户，可以看到青青的枫树，浓密的树影正映在文子的头发上。

文子细长颈项的上半部正搏着窗户的亮光。

穿的那件短袖衫似乎初次上身，显得臂膀有点青白。双肩圆润而不显臃肿，两只腕子也很灵活有力。

千佳子也望着水壶。

"看来水壶只能用在茶道上，否则就失去了生命。插上几支西洋花，真是委屈它啦。"

"我母亲也用来插过花呢。"

文子说。

"你母亲留下的水壶到了这儿，就像做梦一样。不过，她想必很高兴吧。"

千佳子口气里含着讥刺。然而，文子却满不在乎，她说：

"母亲也常用水壶插花来着，再说，我也不想学茶道啦。"

"不要这么说嘛，"千佳子环顾茶室，说道，"我一坐在这儿，就觉得心平气定。可以同各方人士充分交流。"

说罢，她望向菊治：

"明年是老爷逝世五周年，忌日那天，要举行茶会。"

"是啊，把所有赝品都摆出来，呼朋唤友，一定很愉快。"

"说什么呢，老爷的茶具没有一件是假的。"

"是吗？不过，就算全都是假茶具，也很有趣啊，"菊治对文子说，"这间茶室，我总觉得有一种腐臭的霉味，要是举办一次全部使用假茶具的茶会，说不定能驱散这股毒气，以此追念父亲，和茶道一刀两断。虽然我早已和茶道断绝了关系……"

"您是说，我这个老婆子一向贫嘴贱舌，来这里可以为茶室增添些活气儿，对吧？"

千佳子胡乱地搅动着手里的茶筅[1]。

"唔，就算是吧。"

"可不许这么说呀。不过，您既然结了新缘，断了旧缘也好嘛，"千佳子说了声"茶已煮好"，把茶端到菊治面前，"文子小姐，听了少爷这种玩

---

[1] 茶筅，搅动茶汤使之泛起泡沫的竹刷。将竹节一端劈成丝篾，使其向内蜷曲作猫爪状，形似一只灯泡。

笑话，你不觉得你母亲的这件遗物送错了地方吗？我看着这件志野瓷，就感觉你母亲的面影似乎就映在上面。"

菊治饮完茶，放下茶碗，倏忽看了下水壶。那只漆黑的"涂盖"[1] 上也许也映着千佳子的影子吧。

但是，文子却浑然不晓。他不明白，文子是在一味顺着千佳子呢，还是故意无视千佳子呢。从她的神情中丝毫看不出厌恶之色，她还一直在茶室里陪着千佳子，倒也有点奇怪。千佳子谈起菊治的婚事，她也不介意。从很早以前起，千佳子就一直对文子母女心怀嫉恨，她的每一句话都是在侮辱文子，可是文子一点也没表现出反感。

抑或丧母的打击超越了一切，文子还独自沉浸在深深的悲哀中，仅将其当作秋风过耳吧。又或许因为她继承了母亲的性格，对自己、对别人都顺乎自然，是个奇妙的、清洁无垢的姑娘吧。

---

1　代指那些不是与水罐一起烧制的盖子。一起烧制的则称为"共盖"。

然而，尽管千佳子如此嫉恨和侮辱文子，菊治却从未极力救助过文子。觉察到这一点后他想，自己才是那个奇怪的人。最后，他看到千佳子点好茶后自劝自饮的样子，也觉得颇为奇怪。

千佳子从腰带里掏出手表：

"这样的小手表，眼睛老花了，用着不合适……请把老爷的那只怀表送给我吧。"

"没有什么怀表啊。"菊治一语顶回。

"有。老爷常带在身上呢。去文子小姐家的时候，不是也带着的吗？"千佳子故意现出惊讶的神色。

文子低着眉。

"现在是两点十分吧。两根针重合在一起，看上去很模糊啊，"千佳子又摆出一副爱干活的架势，"稻村小姐召集了一伙人，今天下午三点一起学习茶道。我去稻村家之前先路过这里，就是想讨少爷的回话，以便做到心中有数。"

"那就请明确回绝稻村小姐吧。"

"是的，是的，明确回绝。"

菊治说罢，千佳子笑着含混了过去。

"巴不得叫这伙人早一天来这间茶室学习茶道呢。"

"那就叫稻村小姐把这座房子买下来吧，反正最近要卖掉的。"

"文子小姐，你也一起去吧。"千佳子不理睬菊治，转向文子。

"好的。"

"我得快点去收拾一下。"

"我帮您。"

"是吗？"

可是，千佳子没有等文子，立即到水屋去了。

哗哗的水声传来。

"文子小姐，我看算了，不要跟她一道去。"菊治小声说。

"我害怕。"文子摇摇头。

"不用怕。"

"我就是很怕呀。"

"那就跟她走一段，再甩掉她吧。"

文子还是摇摇头。她站起来，准备拉平膝窝处衣物的皱褶。而菊治正要将手伸到那里。他以为文子要趔趄一下，这行为使得文子红了脸蛋。原本听到千佳子提起怀表的事，她的眼角已经染上了薄红，这回又羞得满面绯红，犹如鲜花盛开。

文子抱着志野瓷水壶进了水屋。

"哎呀，你到底还是把你母亲的东西拿来啦？"

千佳子沙哑的嗓音从里面传了出来。

一

两重星

一

　　栗本千佳子来到菊治家里，说文子和稻村家的小姐都结婚了。

　　夏季的八点半，天色还很明亮。菊治吃过晚饭，躺在廊缘上，瞧着女佣买来的萤火虫笼子。青白的萤光中不知不觉添上了黄色。天色暗了，但菊治还是没有起身开灯。

　　菊治向公司申请了四五天休假，到野尻湖一位朋友的别墅去了，今天刚刚回家。

　　朋友已经结婚，有了孩子。菊治对于小孩子所知甚少，生下来几天了，长得是小是大，心里完全没数，不知说些什么好。

"这孩子很健壮啊。"

听他这么一说，女主人回答道：

"哪里呀，生下来时又瘦又小，不像样，最近才长得好一些。"

菊治伸手在婴儿面前摇了摇。

"没有眨眼嘛。"

"孩子能看见，眨眼还得再大些之后。"

菊治以为这孩子已经好几个月大了，其实刚满百日。可不是，这位年轻的妻子头发稀疏，面皮微黄，产后羸弱的神色还留在脸上呢。

一切都以孩子为中心，精心照料好孩子。菊治感到，朋友小两口的生活中，自己是多余的。登上回程的火车，那位老老实实的妻子瘦小的身影闪现在他的脑海——她脸色憔悴，没有一点血色，却浑然不觉，一心抱着孩子。这个影像始终挥之不去。朋友平时和父母兄弟住在一起，生下头胎孩子不久，就搬到湖畔别墅去了。妻子终于可以同丈夫单独住在一起，这种安逸的生活使她近乎情痴。

如今回到家里，躺在廊缘上，他想起那位妻子的姿影，依然感到怀恋，怀恋之中还带有一种神圣的哀感。

正巧这时，千佳子来了，毫无顾忌地径直进了屋子。

"哎呀，怎么躺在这么个黑暗的地方？"她来到菊治脚边坐下，"一个人怪可怜的，睡到这儿来，连个开灯的人都没有。"

菊治蜷起腿，稍稍过了一会儿，才心情烦躁地坐起身子。

"请吧，躺着好啦。"

千佳子挥挥右手，示意菊治躺下后，又郑重地例行问候起来。她说去了一趟京都，回来时路过箱根。在京都的师傅家里，见到了茶具商大泉老板。

"很久没见了，这回可是充分聊了一番老爷的事。他说要带我看看老爷玩乐的地方，我就跟他到了木屋町一家小小的旅馆。老爷和太田夫人也在这里住过。大泉对我说，不到那里住住吗？真是浑话。老爷和太田夫人都不在了，我胆子再大，夜里也会有几分害怕的。"

说出这些事，才是真正的浑话呢！菊治一边想，一边沉默不语。

"少爷去过野尻湖了？"

那口气听上去便知是明知故问，一进家门就问女佣这些事，不等女佣通传就闯进来，是千佳子一贯的做派。

"我刚刚回来。"菊治不耐烦地回答。

"我三四天前就回来啦，"千佳子一本正经起来，接着就高高耸起了左肩，"可是呀，回来一看，发生了一件令人遗憾的事，让我大吃一惊。我太大意了，真是没脸再见少爷啊。"

千佳子说，稻村小姐结婚了。幸好菊治躺在黑暗的廊缘上，一脸的惊讶别人是看不到的。然而，他却若无其事地应道：

"是吗，什么时候？"

"您倒是沉着冷静，像是在听别人的事。"千佳子的话里含着讽刺。

"雪子小姐的事，我已经多次让你回绝过了。"

"光是口头上吧？还不是故意想跟我争个面子吗？您一开始就不太情愿，好像只因我这个婆子一个劲儿地张罗、撮合，让您生厌，不是吗？可心里头，对那姑娘倒是挺中意。"

"说什么呀。"菊治笑起来了。

"您还是很喜欢她的吧？"

"确实是个好姑娘。"

"我早看穿您的心思啦。"

"好姑娘也不一定要和她结婚啊。"

然而，听到稻村小姐结婚，菊治心里一阵刺痛，脑子里如饥似渴地描画着那位姑娘的面影。

菊治只见过雪子小姐两次。

一次是在圆觉寺的茶会上，千佳子为了让菊治看看雪子，特意让雪子点茶。那是一次正统的高品位点茶，绿树的叶荫映着格子门，身着振袖和服的雪子的肩膀、袖口，还有头发，一片明净，在他心中留下了深刻的印象。但是，他却想不起雪子的面庞。她当时用的红茶巾，还有去寺院茶室的路上，手里拿着的绘有白色千羽鹤的桃红绉绸小包裹，如今再一次鲜明地浮现在他眼前。

后来还有一次，是在雪子来菊治家那天，是千佳子点的茶。甚至直到第二天，菊治还依稀觉得茶室留有小姐的余香。虽然如今小姐那副绘有旱菖蒲的和服腰带还仿若在眼前，可小姐本人的身影却很难捕捉。

就连三四年前去世的父母的身影，菊治现在也难以准确描摹，看到照片后才会觉得清晰起来。也许亲人或敬爱的人本就很难单凭印象描摹，而那些丑人、恶人却都常常完好地留在记忆中。

雪子的眼睛和面庞闪电般留在他抽象的印象里，然而，千佳子乳房至心窝的那块黑痣，像癞蛤蟆一样留在具体的记忆中。

眼下，廊缘一片黑暗，菊治却知道，千佳子多半穿着那件小千谷绉绸[1]的白色长袖衫。即便在亮处，也无法透过衣料看到她胸前的那块黑痣。然而，他却通过记忆看得一清二楚。正因为黑得

---

1　小千谷绉绸，日本新潟县小千谷市织造的绉绸。

看不见，所以才看得更清楚。

"如果您认为是好姑娘，就不该放过。因为稻村雪子小姐这样的人，世上可只有一个呀。即便寻找一生，也再没有第二个啦。这个简单的道理，少爷怎么就弄不明白？"接着，千佳子用教训的口吻说，"您经验太少，又过于自信。这样一来，您和雪子小姐两个人的人生就改变了。小姐本来钟情于您，现在却嫁了别人，要是生活不幸福，也不能说少爷您就没有责任。"

菊治没有回答。

"您也仔细打量过小姐啦，她一定会后悔的，想着要是几年前就和您结婚该多好。结婚的时候她一定还思念着少爷吧？难道您忍心让她落入这步田地吗？"

千佳子的声音又在喷吐毒素。

雪子既然已经结婚，千佳子为何还要说这些多余的话呢？

"这是萤火虫笼子吧？现在还有吗？"千佳子伸出脖子，"不是快到秋虫笼养的季节了吗？居然

145

还有萤火虫，真像幽灵一样啊。"

"是女佣买来的吧。"

"这些女佣，也就这个水平了。您要是学习茶道的人，就不会有这等事啦。在日本，处处都要讲究季节的呀。"

听千佳子这么一说，菊治也不得不同意萤火虫和幽灵确有几分相似。菊治想起野尻湖畔的虫鸣，它们无疑就是那些奇妙地活到今天的萤火虫。

"您要是娶了太太，就一定不会因为错过季节尝到悲凉的迟暮之感的，"接着，千佳子又急忙低声说道，"我给您说合稻村家的小姐，也是为老爷尽力啊。"

"尽力？"

"是啊，再说，少爷只顾躺在暗处观赏萤火，您看，就连太田家的文子小姐也结婚了。"

"什么时候？"

菊治大吃一惊，仿佛走在路上一下子差点被人绊倒，甚至比听到雪子结婚时还要惊慌失措。

他也来不及掩饰内心的惊讶，那种难以置信的心情，都被千佳子一一看在眼里了。

"我从京都回来一看，也一下子呆住啦，两个人约好了似的，一个个的，婚事都办完了。年轻人真是欠考虑呀，"千佳子说，"文子小姐一出嫁，我想少爷的婚事就不会有什么阻碍了吧？谁知，稻村小姐的婚事早在那之前就办过啦。连我在稻村家也丢尽了脸面，这都怪少爷太优柔寡断啦。"

然而，菊治仍然不相信文子已经结婚。

"太田夫人死后，不是依然在给少爷制造麻烦吗？不过，文子小姐一结婚，夫人的妖气就会从这个家里退走了吧，"千佳子转脸望向庭院，"这回倒也清净多了，修剪一下庭院的树木吧。暗乎乎的，一个劲儿疯长，密密层层，闷死人啦。"

父亲去世四年了，菊治一直没请花匠来过，庭院里绿叶葱茏，枝条纵横。白天，暑气蒸逼，燠热难当。

"女佣也没浇过水吧，这种事可以使唤她去做嘛。"

"你不用管闲事。"

千佳子的每一句话都使菊治眉头紧皱，然而，他只能任她继续唠叨下去。只要千佳子一来，都是这个样子。

千佳子的话虽然不大中听，但也是在拐弯抹角讨菊治的欢心，想了解他的想法。菊治也习惯了她这一套路子。他有时公开反驳，有时暗暗警惕。千佳子虽心如明镜，但大多时候佯装不知，偶尔也流露一下，表示自己心中有数。

而且，千佳子很少触及那些菊治意想不到、会惹他生气的话题；她总是故意拨撩菊治，专挑那些会让他自我嫌恶的事情说。

今晚千佳子告诉他雪子和文子都结婚了，看来也是想试探一下他。她想干什么呢？菊治对此不敢大意。千佳子将雪子介绍给他，本来是想让他疏远文子。眼下两个姑娘都出嫁了，此后他作何打算，与千佳子毫不相干，但她还是穷追不舍，一心想探索他心中的暗影。

菊治本想站起身来，打开客厅和廊缘的电灯。

说起来，这样在黑暗里同千佳子说话，实在有点滑稽，他和她还没亲密到这个程度。千佳子提到修整院子里的树木，菊治只当她多管闲事，根本没放在心上。不过，若单单为了开灯爬起来，他总觉得提不起劲儿来。

虽然千佳子一进门就提开灯，但她也没有主动过去开。大凡在这些细枝末节上，千佳子往往表现得很勤快，这也是她的职业习惯。可现在她却懒得为菊治出力。也许是因为上了几分年纪，再就是作为一位茶道师傅，多少也得摆点架子。

"京都的大泉商店托我带口信来，说要想变卖茶具，可以请他们代为办理，"千佳子的语调很平缓，"稻村小姐是给逃掉了，这回少爷总该打起精神，迎接新的生活了，那么这些茶具恐怕都派不上用场啦。打老爷那辈起，我就无事可做了，怪寂寞的。不过，这间茶室只有在我来的时候，才会打开窗户，通通风的呀。"

哦，哼，原来如此！菊治明白了。

千佳子的目的很露骨。一旦他和雪子结不成

婚，对她来说，也就没有什么用了。到头来，她就是企图勾结茶具店老板，将茶器一并攫走。这次她大概就是和京都的大泉老板商量好后来的。

而菊治自己与其说生气，不如说轻松了许多。

"既然连房子都想卖掉，到时候总会请你帮忙的。"

"还是交给老爷那一辈的熟人经办才放心啊。"千佳子又添了句话。

菊治思忖，家中的茶器千佳子比自己还清楚，也许她早在心中打点好了。他望了望茶室，茶室前有一棵大夹竹桃，开满了白色的花朵，茫茫一片。天空和院里的树木，界限模糊。

暗夜沉沉。


二


下班时分，菊治刚要走出公司的办公室，又被电话叫了回去。

"我是文子。"对方小声地说。

"哎，我是三谷……"

"我是文子。"

"哎，我知道。"

"突然打电话来，实在对不起了。可是，这件事不打电话道个歉就来不及啦。"

"哦？"

"其实啊，我昨天寄了封信给您，可是忘记贴邮票啦。"

"唔，我还没有收到呢……"

"我在邮局买了十张邮票。信是发出去了，可回来一看，邮票还是十张，真是太糊涂啦。我想无论如何，得赶在信到之前，向您道歉才对呀……"

"这种小事，不必放在心上……"菊治一边回答，一边想，这大概是报告结婚的信吧。

"是报喜的信吗？"

"啊……？过去一直是打电话的，这次头一回写信，心想，寄不寄呢？犹豫了半天，竟然忘记贴邮票啦。"

"你现在在哪里？"

"公用电话亭，东京站的……外面还有人排队呢。"

"是公用电话呀。"

菊治有些摸不着头脑，但还是说了句，

"恭喜啦。"

"什么……？托您的福，好不容易……可是，您怎么知道的？"

"是栗本呀，她特来告诉我的。"

"栗本师傅……？她怎么会知道的？真是个可怕的人啊。"

"反正你再也不会见到她了。上回，我在电话里听到了阵雨的声响。"

"您曾经说起过。那阵子我搬到朋友家住，一时犯了犹豫，不知要不要通知您一声。这回也是一样。

"还是告诉我一声为好。从栗本那儿听说后，我也正在犹豫，该不该向你贺喜呢。"

"要是天各一方，那也真是可叹啊。"她那渐次消隐的声音很像她母亲。

"也许要各奔前程了，不过……" 菊治一时说不出话来。

"这是一间很脏的六铺席房间，是和工作一起找到的。" 隔了一会儿，文子开了腔。

"啊……？"

"顶着大热天上班，真够呛啊。"

"可不是嘛。再说，刚一结婚就……"

"什么？结婚……？您说的是结婚吗？"

"祝贺你呀。"

"什么？我……？真讨厌。"

"你不是结婚了吗？"

"啊？我……？"

"你没有结婚吗？"

"没有呀。我现在哪里还有心思结婚啊……您知道的，我母亲刚刚去世……"

"唔。"

"栗本师傅就是这么说的吗？"

"是的。"

"为什么？我真弄不懂。三谷少爷就这么信以为真了吗？"文子仿佛是在自言自语。

菊治急忙果断道：

"电话里不好说，见面再说，好吗？"

"好的。"

"我去东京站，请在那里等我。"

"可是……"

"或者约个地方也行。"

"我不喜欢在外面和人约会，我到府上去看您吧。"

"那我们一起回家吧。"

"一起回去，也是在外面约呀。"

"那能到我公司来一下吗？"

"不，我就自己去您家吧。"

"是吗，那我直接回家。文子小姐要是先到，就请进屋里坐吧。"

文子假若从东京站上车，就会比菊治早些到达。可是他总觉得会和文子乘同一趟车，在车站人多的地方不停地寻找文子。

结果还是文子先到他家。

听女佣说文子在院子里，菊治便从大门旁边直接进入庭院。文子正坐在白色夹竹桃花荫下的石头上。

自从千佳子上次来提起后，这四五天来，女佣都会在菊治回家之前浇一次水。院子里的那个旧水龙头也可以用了。

文子坐着的石头下面看起来湿漉漉的。要是夹竹桃茂密的绿叶之中盛开着红花，就会像炎天里的花朵。可是这棵夹竹桃却开着白花，使人只感到浓浓的凉意。花丛轻轻摇动，簇拥着文子的身影。文子穿着白色的棉服，翻领和口袋都用深蓝色的布镶上了一道细边。

夕阳掠过文子身后的夹竹桃，照到菊治面前。

"欢迎。"他说着，亲切地走了过去。

"刚才在电话里……"文子本想在菊治开口前先说点什么，于是便缩着肩膀转身站起来。她想，要是自己坐着不动，菊治说不定会过来拉她的手呢。

"因为电话里说起那件事，我就来啦，跟您说说清楚……"

"是结婚的事吗？我大吃一惊呢。"

"吃惊……？"

文子低下眉来。

"说起来，总之，听说文子小姐结婚，又听你说自己没有结婚，这两次我都大吃一惊。"

"两次？"

"可不是嘛，"菊治沿着垫脚石走过去，"从这儿上来吧。进屋里等我多好啊。"

说罢，他坐在廊缘上。

"前些日子旅行回来，有天晚上，正躺在这儿休息，栗本来了。"

女佣在屋里招呼菊治，也许是他离开公司时打电话吩咐准备的晚饭做好了。他站起身走过去，顺便换了一件白色高级麻纱布夏衫就出来了。

文子似乎也重新补了妆，在等菊治坐下来。

"栗本师傅说什么了呢？"

"她只告诉我文子小姐结婚了……"

"她的话，三谷少爷真的相信了吗？"

"我根本没想到她会骗我……"

"一点也不怀疑吗……？"文子乌亮的眸子立即湿润了，"我现在能结婚吗？三谷少爷，难道您真的以为我会那样做吗？母亲和我吃尽了苦头，我的悲痛还没有消除……"

这话在菊治听来，好像她母亲还活着。

"母亲和我都信任他人，也相信人家会理解自己。看来，这只能是妄想了。自己心中的镜子，只能用来照自己……"文子泣不成声。

好一阵子，菊治都默默无言。

"'你想想，我现在能结婚吗？'——上回我对你说过这句话，就是下大雨那天……？"

"打雷的那天……？"

"是的。今天倒反过来，由你说出来了。"

"不是，那……"

"你不老是说我要结婚的吗？"

"哪里，三谷少爷和我完全不同啊，"文子泪眼盈盈地望着菊治，"您和我不一样。"

"哪点不同呢？"

"身份不同……"

"身份……？"

"是的，身份不同。不过，如果说是身份不合适，那就说是身上的暗影吧。"

"就是罪孽深重……？那说的是我呀。"

"不。"

文子使劲摇摇头，泪水溢出了眼眶。但只有一滴，离开左眼角后，竟然顺着耳根掉落下来。

"要说罪孽，全由我母亲背着进入坟墓啦。但我不认为那是罪，那只是母亲的一份悲哀。"

菊治低下头来。

"罪孽也许永远不会消除。而悲哀终将成为过去。"

"文子小姐说是身上的暗影……那不就是把你母亲的死也看成是暗影了吗？"

"还是说'深沉的悲哀'比较合适。"

"深沉的悲哀……"

菊治本想说，这也是深沉的爱，但又立即打住了。

"比起这个，三谷少爷不是要和雪子小姐结婚吗？这和我的情况可不一样啊，"文子又把话题转回现实，"栗本师傅一直认定我母亲会给这门婚事添乱。说我结婚，也是因为把我当成绊脚石了吧。只能这么解释。"

"不过，她说那位稻村小姐也结婚了呀。"

文子立即放松下来，一副有气无力的表情。

"撒谎……胡说。这肯定是撒谎，"说罢，她又使劲儿摇摇头，"什么时候的事？"

"稻村小姐的婚事吗？大概是最近吧。"

"肯定是撒谎。"

"她说雪子小姐和文子小姐两个人都结婚啦，这反而让我认为你结婚是真的啦，"接着，菊治低声说，"其实我倒认为，雪子小姐或许真的结婚啦……"

"瞎说，大热天的，谁会这时候结婚呀。只能穿单衣，那还直淌汗呢。"

"这样啊，婚礼一般都不在夏天举行吗？"

"基本是的……虽说不是绝对……但婚礼一般都会挪到秋天举行……"

不知为何，文子莹润的眼里再次涌出泪水，簌簌滴落在膝头。她自己瞧着那泪水渗进衣服。

"可是，栗本师傅为何要撒谎骗人呢？"

"我也被她诓住了。"菊治说。

然而，这事为什么会让文子掉泪呢？

至少，文子结婚是谎言，这一点可以肯定。

说不定雪子真的结婚了，所以千佳子为了让菊治疏远文子，就说文子也结婚了 —— 菊治也这样怀疑过。可是，他总觉得这个推测不大可靠。他已经开始认为，千佳子说雪子结婚，也同样是在骗人。

"总之，在弄清雪子小姐是否真的已经结婚之前，还不能肯定栗本是在恶作剧。"

"恶作剧……？"

"啊，权当是恶作剧吧。"

"不过，今天要是不打电话，您一定认为我已经结婚啦，这真是一个不小的玩笑啊！"

女佣又在招呼菊治进去。再出来时，他手里拿着一封信。

"文子小姐的信到啦。没有贴邮票……"说罢，他就高高兴兴地想打开信封。

"不，不，请不要看啦……"

"为什么？"

"我不愿意，请还给我吧，"文子说着，便膝行上前，想从菊治手里夺回那封信，"请还给我。"

菊治蓦地把手藏到背后。文子的左手一下子拄到他的膝盖上，便想用右手夺回信。由于左右手的动作正好相反，她身子失去了平衡，差点倒在他身上。她的左手赶紧向后支撑，右手却依然向前伸，想夺回他背后的东西。文子向右一扭，半张脸几乎倒在他怀里。接着，她轻盈地改换了姿势，就连挂在他膝头的左手也只是柔柔地接触了一下而已。那先向右转、后向前倒的上半身，

161

究竟是怎样完成这种轻柔的动作的呢？

　　菊治看到文子一下子倒过来，立即绷紧身子。文子那意外轻柔的体态，几乎使他叫喊起来。他强烈地感触到了一个女人！同时他也感触到，那女人正是文子的母亲——太田夫人。

　　文子究竟是在怎样的瞬间改换身姿，又是在哪个节骨眼上变得娇弱无力的呢？这是难得一尝的柔情，宛若来自女人本能的奥秘。菊治本以为她会沉重地压过来，可她却只是轻盈地触到了他的身子，犹如一阵温馨的春风飘然掠过。

　　一股异香扑鼻而来，这是夏季里从早到晚劳动一天的女人的体香，多么浓烈！菊治感受着文子的体香，同时感受到了太田夫人的体香——太田夫人拥抱中的体香。

　　"哎呀，请还给我吧。"

　　菊治不再坚持。

　　"我撕啦。"

　　文子转向一边，把自己的信撕成碎片。她的脖颈和露出来的腕子都汗津津的。刚刚她差点倒下，改换身姿时，面孔一度青白；可坐起身时，又变红了。汗水似乎也是这期间渗出来的。

## 三

从附近饭馆叫来的晚饭总是千篇一律，没什么味道。

按照常规，女佣在菊治面前放上了志野瓷茶碗。菊治立即注意到了，文子也一眼瞥见了。

"哎呀，这只茶碗，您还在用吗？"

"嗯。"

"真难为情啊，"文子的声音里带着菊治不能理解的羞耻，她继续说道，"送给您这件东西，真是后悔。这事我在信里也谈到啦。"

"说了什么呢……？"

"没什么，为着送了您这么没用的东西，向您道歉来着……"

"这不是什么没用的东西。"

"这件志野瓷不怎么好的，而且母亲一直当作茶杯使用呢。"

"虽说我也不太懂，可这件志野瓷不是很好吗？"菊治把筒形茶碗捧在手里端详着。

"可是，比这更好的志野瓷有的是，如果您使用这只茶碗时，想到别的茶碗，觉得那种志野瓷更好些的话……"

"我们家似乎没有这种志野瓷小茶碗。"

"即便府上没有，在别处也会看到的。使用这只茶碗时，想到别的茶碗，以为还是别的志野瓷更好……要是这样，母亲和我都会很难过的。"

菊治不由得一惊，一时说不出话来。

"我已经和茶道无缘，也不会再见到茶碗了。"

"说不定会在哪里见到的。您过去不是也见过更好的茶碗吗？"

"你的意思是，送人就要送最好的东西。"

"是的，"文子爽利地抬起头，直视菊治，"我就是这么想的。我想请您把这只茶碗打碎扔掉，信里也写到了。"

"打碎？扔掉？"面对步步紧逼的文子，菊治只好绕着弯子回答她，"这是一件古窑烧制的志野瓷，恐怕有三四百年了。当初也许是在酒宴上用来盛醋拌生鱼丝之类，并不是当茶碗、茶杯用的。后来当作小茶碗用，时间也很久了。古人珍视它，代代相传下来。或许还有人将它放在旅行茶具盒里，浪迹远方。可不能照文子小姐的想法，随便毁掉它啊。"

碗口接触嘴唇的地方，还渗进了文子母亲的口红。

口红浸入碗口，揩也揩不掉，太田夫人好像对文子说过。菊治得到这只志野瓷碗后，将碗口沾上污垢的地方洗了又洗，也没洗掉。当然，那已经不是口红的颜色，而是薄茶色，中间渗着微红，看起来像口红褪色留下的陈迹，也可能是志野瓷本身的微红。此外，若用作茶碗，平时嘴唇接触的地方是固定的，也可能是之前的所有者留下的口垢。不过，或许还是太田夫人将其当作茶杯使用的时间最久。

是太田夫人自己想把这个当作茶杯使用的吗？也许是父亲想出来的，让夫人试着用的吧？菊治这般思忖着。他也怀疑过，这对了入制的黑红色筒形茶碗，太田夫人和父亲莫非是将它们当作夫妇茶碗，代替茶杯一直用过来的吗？

父亲让太田夫人把志野瓷水壶当花瓶用，插上玫瑰和康乃馨，还让她把志野瓷筒形茶碗当茶杯用，看来，父亲有时是把夫人看作美的化身了吧？

两人死后，这水壶和筒形茶碗都到菊治这里来了。

如今，文子也来了。

"我不是一时心血来潮，我是真心想请您把那东西打碎，扔掉，"文子说，"送给您水壶，看您很高兴地接受了，想到还有一只志野瓷茶碗，便也送给您当茶杯用了，后来想想，实在有些难为情啊。"

"这只志野瓷茶碗不该当茶杯用吧，真有点可惜啦……"

"不过，好的志野瓷多得很呢。让您用这个，您还会想到其他更好的志野瓷，那样的话，我可受不了啊。"

"你是说，送人就要送最好的东西，对吗……？"

"这要看对象和场合。"

菊治感到一阵强烈的震动。

文子总希望，既然是太田夫人的遗物，就该是最好的东西。因为菊治看到它们，就会想起夫人和文子，于是想进一步亲近它们，接触它们。

只有最高级的名品才能当作母亲的遗物，文子的话正传达了她的这个心愿，菊治也能理解。

这就是文子至高无上的感情，眼前的水壶即是明证。

志野瓷冷艳而温馨的肌肤，让菊治立即联想到太田夫人。然而，水壶之所以没有伴随罪孽的黑暗和丑陋，或许正因为水壶是名品。看着这只名品级别的遗物，他更感到太田夫人是女人中的名品了。名品和污浊二字是不相容的。

下大雨那天，菊治在电话里说，他一看到水壶，就想见文子一面。在电话里他才敢说这种话。那次文子说还有一只志野瓷茶碗，于是就把这只筒形茶碗带到菊治家来了。

是的，这只茶碗不像那只水壶，它不是名品。

"听说父亲也有旅行茶具盒……"菊治回忆道，"里面一定放着比这件志野瓷更差的茶碗吧。"

"那是什么茶碗呢？"

"这个……我从没见过呀。"

"真想见识一下啊，老爷的东西肯定很好。"文子说。

"这只志野瓷茶碗要是比老爷的那只差，就干脆摔了吧？"

"好叫人为难呀。"

饭后吃西瓜时，文子总灵巧地把瓜子先剔出来。接着她又催促菊治，说想看看那只茶碗。

菊治叫女佣打开茶室，自己来到庭院。他想

去找茶具盒，文子也跟着他来了。

"我也不知道搁在哪里了，栗本知道得很清楚……"

他回头望去，那棵白色夹竹桃繁花如雪，文子站在花荫下，脚上是在院子里穿的木屐，白布袜子在树根旁边露出来。

这时，茶具盒已经被放在水屋旁的搁板上了。菊治走进茶室，把茶具盒放到文子面前。文子正襟危坐，以为菊治会打开外面的包袱，等了一会儿，这才伸出手去。

"让我看看。"

"灰尘积得很厚啊。"菊治抓住文子解开的包袱，站起身朝着庭院掸了掸。

"水屋的搁板上有一只死蝉，身下聚满了虫子。"

"茶室是干净的。"

"是的，前几天，栗本来打扫过了。就是那次，她告诉我，你和雪子小姐都结婚了……因为当时是晚上，可能无意之中把蝉关进去了。"

文子从茶具盒里拿出裹着茶碗的小包，深深含着胸，解开袋子上的细绳，手指微微颤动着。菊治在一边俯视着她，她浑圆的肩膀向前耸去，那细长的脖颈更加显眼。

稍稍向前凸出、一味紧闭的嘴唇，以及未戴耳饰的肥厚耳垂，令人怜爱。

"是唐津瓷[1]。"

文子抬头看向菊治，菊治也坐到近旁来了。于是文子将茶碗放在榻榻米上。

"真是一只好茶碗。"

依然是茶杯式的、筒形的小茶碗。

"坚实而又严整，比那只志野瓷的高贵多啦。"

"不好这样相比，志野和唐津……"

"不过，两个摆在一起，一看便知。"菊治被唐津瓷茶碗的魅力吸引，拿过来放在膝头把玩。

"再把志野瓷的那只拿来看看吧。"

"我去拿。"文子起身走了过去。

---

1 唐津瓷，室町时代 (1336—1573) 在佐贺县唐津开始出现，桃山至江户初期的生产情况最为鼎盛。

志野和唐津摆在一起时，菊治和文子蓦然对视了一下。接着，二人的眼睛同时落在茶碗上。菊治连忙说道：

"这是男茶碗和女茶碗，如此搁在一起……"

文子一时说不出话来，只是点点头。菊治也觉得自己的话有些异样。

唐津瓷茶碗不着花纹，素底。微带枇杷黄的青色里又含着茜红，造型刚劲有力。

"行旅也带在身边，可见是老爷很喜欢的茶碗，它很像老爷。"

文子说了一句险话，但她似乎没有意识到是险话。

志野瓷茶碗很像文子的母亲——菊治没能这么说。但是，两只茶碗一起摆在这里，就像父亲和文子母亲的两颗心一般。

三四百年前的茶碗，其造型是健康的，不会诱发人们病态的幻想，但它们仍具有生命的活力，甚至会给予人们官能的刺激。

当他把自己父亲和文子母亲看作两只茶碗时，

菊治感到面前仿佛有两个美丽的灵魂并排而立。而且，茶碗的姿态是现实的。当他俩围着茶碗相对而坐时，菊治感到自己和文子所处的现实也是清洁无垢的。

他俩相对而坐，也许是很可怕的事——太田夫人头七次日，菊治曾这样对文子说过。然而，这种罪孽引起的恐惧，也在今天一起被茶碗的肌体抹消殆尽了吧。

"真漂亮啊，"菊治自言自语，"父亲本没什么高雅嗜好，却也爱摆弄茶碗之类，也许就是为了麻痹担负着种种罪孽的心灵吧。"

"您在说什么呀？"

"但是，一看到这只茶碗，就再也不会想到原主人的坏处了。父亲的寿命十分短暂，只相当于这只传世茶碗的几分之一……"

"死，就在我们脚下，真可怕。尽管死神一直在我们身边徘徊，我也不能永远沉浸在丧母的痛苦之中。为此，我也做出了各种努力。"

"是呀，要是被死者缠绕不放，就会感觉自己也没有活在这个世界上。"菊治说。

女佣拎着水壶进来了。兴许是觉得菊治他们在茶室里待得太久了，可能需要用开水点茶了。菊治劝文子，权且作为行旅之人，用这里的唐津瓷和志野瓷茶碗点一次茶。文子顺从地点点头。

"摔碎母亲这只志野瓷茶碗之前，您再用上一次，留个纪念吧。"说罢，她从茶具盒拿出茶筅，到水屋里冲洗。

夏日，黄昏尚未降临。

"人在旅途……"文子喃喃自语，不停在茶碗里转动着小茶筅，"既然是旅行，那住在哪里的旅馆呢？"

"不一定住在旅馆，可以是河岸，也可以是山野。也许用溪谷流水，点一碗冷茶更有情趣……"

文子举起茶筅时，抬起黑色的眼眸，瞟了菊治一眼，随后立即将那只唐津瓷茶碗捧在掌心，全神贯注地转动起来。然后，文子的目光和茶碗一起，被呈到菊治的膝前。他不禁感到，文子也随之流动过来了。

接着，文子把母亲的那只志野瓷茶碗放到面前。茶筅碰在茶碗边沿，嘎啦作响，她便停住了手。

"真难办呀。"

"碗太小，不大好调吧？"菊治说。

文子的手仍在颤抖。而且，她一旦停下手，就不想在那只小茶碗里继续转动茶筅了。她盯着自己僵硬的腕子，久久低着头。

"母亲不让我点茶。"

"什么？"

菊治霍然而起，仿佛要解救一个被咒语钉住、动弹不得的人一般，一把抓住文子的肩膀。

文子没有抵抗。


四


菊治未能成眠，等挡雨窗缝隙里露出亮光，他便向茶室走去。

净手盆前的石头上，依然散落着志野瓷茶碗的碎片。较大的碎片有四块，在掌心拼起来，就合成一只茶碗，只是边缘还有个拇指大小的缺口。

他在石头缝里寻找着，想看看还有没有碎片，但又立即作罢了。抬头一看，东边树木之间，闪耀着一颗巨大的星。

菊治已经好几年没看过启明星了。想到这里，他赶紧起身眺望。这时，空中罩上了云彩，星星在云层里闪烁，看上去更大了。光环的外围，似乎水蒙蒙的。

看到这颗朗洁的明星，菊治才发觉，捡拾和拼凑茶碗的碎片是多么没出息。于是他便扔下了手里的碎片。

昨晚，菊治来不及劝阻，文子便把茶碗摔碎在净手盆上了。当时她一阵风似的走出茶室，菊治没有留意到她手里拿着茶碗。

"呀！"

菊治惊叫了一声。茶碗的碎片散落在黑漆漆的石板缝里，他顾不上寻找，而是连忙扶住文子的肩膀。文子是蹲在地上摔的，她的身子差点倒在净手盆上。

"还会有比这更好的志野瓷茶碗的。"文子自言自语。

得了更好的志野瓷茶碗后，菊治要是去对照，也许会使她很伤心吧？

菊治一时难眠，文子的话语深含哀婉而纯洁的余韵，在他心里幽幽不绝。院子一亮堂起来，他就去看打碎的茶碗。然而，看到星光之后，又把拾到的碎片扔掉了。当他抬起头时：

"啊！"

菊治叫了一声。星光没有了。原来在他看向被丢弃的碎片的一刹那，启明星早已躲到云层里了。

菊治仿佛遭到了洗劫，久久凝望着东边的天空。

云彩并不很厚，却不见星星的踪影。天边的云层断了，城市的一座座屋顶上空，笼罩着淡淡的红晕，越来越浓了。

"不能扔在这儿。"菊治独自嘀咕着。仍穿着睡衣的他又拾起志野瓷茶碗的碎片揣进怀里。扔在那儿太叫人难受了。再说，栗本千佳子要是看到了，也会大发牢骚的。

菊治思忖，文子像是深思熟虑后才打碎茶碗的。所以，他不该保存碎片，应该直接埋在净手盆旁边。可他还是把碎片包在纸里，放进壁橱，又钻进了被窝。

文子究竟担心他拿什么东西同这只志野瓷茶碗比较呢？这种担心究竟是打哪里来的呢？菊治困惑不解。何况，昨夜，今朝，他从未觉得可以拿文子和其他人进行比较。

在他眼里，文子是个无可比较的绝对存在，具有恒定的命运。

以往，他总认定文子是太田夫人的女儿。现在他似乎忘记了。当母亲的身体微妙地转移到女儿的身体上，也曾诱发菊治的种种奇思怪想。如今，这些奇思怪想也无影无踪了。

菊治摆脱了那面长久以来包裹自己的丑恶黑

幕。

难道是文子纯洁的哀伤拯救了自己吗？

没有文子的抵抗，只有纯洁本身的抵抗。

那才是使他沉入诅咒和麻痹的深渊之物。可他反而感到从诅咒和麻痹中逃脱了。犹如一个中毒者，最后服了极量的毒药，却获得了奇迹般的解毒效果。

菊治睡不好觉，便提早去上班。一到公司，就给文子工作的店铺打电话。听说文子在神田一家呢绒批发店上班，可文子仍没有到店里来。难道文子现在还沉眠未起吗？菊治想。她今天是否会因为羞愧，闷在家里不出门呢？

下午打电话，她还是没来。菊治便向店里的人问了文子的住址。在昨天的信里，她应该写到自己搬到了什么地方的，可信被文子连信封一起撕碎，装进了口袋。吃晚饭时，谈到文子的工作，他才得知那家呢绒店的名字，可是忘记问她的住址了。

因为文子的住址似乎早已存至菊治心中了。

下班回家路上，菊治找到了文子租的房子，就在上野公园后面。

文子并不在家。

这时，一个刚刚放学回家、还未换下水兵服的十二三岁小姑娘，刚走出大门，又折了回去。

"太田姐姐今早说要和朋友出去旅行，不在家。"

"旅行？"他又叮问了一句，"是出远门吗？早上几点走的？没说到哪儿去了吗？"

小姑娘还在往里走，她是个眉毛稀薄的女孩。接着，畏畏缩缩的声音从稍远处传来：

"不知道，妈妈不在家……"

菊治跨出大门，又回头看去，弄不清文子住在哪一间。这是座小巧的二层楼房，庭院狭窄。

死，就在我们脚下——文子的话使菊治两腿发软。他掏出手帕擦了擦脸，似乎每擦一次，他的脸就失去些血色，可他还是擦个不停。汗湿的手帕显得又薄又黑，他感到背后的汗水一阵冰凉。

"她不会死的。"菊治对自己说。

文子既然给了菊治重新生活的信心，她总不至于去死。

然而，昨日的文子不正是直接表露了死亡的决心吗？

抑或，这种表露出自对成为和母亲一样罪孽深重的女人的恐惧吧。

"竟然只让栗本一个人活下来……"

菊治的口气恶狠狠的，仿佛栗本这个假想敌就在自己面前。说罢，他便急急向公园的林荫走去。

波千鸟

一

一

波千鸟

# 一

　　旅馆派往热海车站迎接客人的车子经过伊豆山不久，就朝大海的方向兜着圈向下驶去。一进入旅馆的庭院，倾斜的车窗反射的玄关灯光便越来越近了。等在门口的伙计打开车门，问候道：

　　"请问，是三谷夫人吧？"

　　"是啊。"

　　雪子小声答道。车子在玄关前打横停下，雪子的座席刚好靠近玄关。今天的婚礼结束后，她还是头一回被人用"三谷"这个姓氏称呼。

　　雪子略显迟疑，却还是最先下了车。她回首望了望车厢，等待着菊治。

菊治刚要脱鞋，伙计便道：

"茶室已经准备好了，栗本师傅打来了电话。"

"啊？"

菊治一屁股坐在低矮的玄关前，女佣连忙拿着坐垫跑过来。

千佳子从乳沟扩散到乳房的痣，犹如恶魔漆黑的掌印浮现在菊治眼前。他手里解着鞋带，那只黑手仿佛抬起头就能看见。

他去年卖掉了房子，茶具也都处理了。按理不会再同栗本千佳子见面了，他们的关系也会变得疏远起来。不料，他和雪子的这桩婚姻，依然有千佳子的手在暗中活动。他实在没想到，千佳子连新婚旅行的饭店都关照到了。

菊治看看雪子的脸，她对伙计的话似乎没怎么在意。

两人被人带领，从玄关沿着长长的回廊走向海边，犹如钻入褊狭的隧道，不知将会一直向下抵达何处。在这条钢筋混凝土筑成的细长通道上，有好几处阶梯，途中连接着配殿似的厢房，走到尽头，就是茶室的后门。

进入八铺席的房间，菊治正要脱去外套，雪子就从他身后随手接了过去，他不由得"哦"了一声，回头看了看。

这是自己新婚妻子最初的动作。

桌腿旁边开着炉叠[1]。

"那边三铺席大的正式茶席，已经架起了茶釜……"伙计把两人的行李放置好之后说道，"虽说没有什么好茶具。"

"那边也有茶席吗？"菊治感到很惊讶。

"连同这间客厅，共有四间茶席。开间依据横滨三溪园[2]当时的布局，直接照搬过来了。"

"是吗？"菊治还是有些不明白。

---

1 炉叠，即榻榻米房间中央的炉膛所占的半铺席。以四铺席的茶室为例，中央半铺席为炉叠，周围分别为回叠、正面贵人叠、客座叠，茶道入口处称为踏入叠。

2 明治豪商原富太郎，于横滨市本牧三之谷海岸，开辟幅员广大的园林，取名"三溪园"。他既是古董收藏家，又致力于文物保护，也是卓越的茶人（茶道师傅）。他不但将纪州德川家别邸和伏见城遗址移筑于三溪园内，还把织田信长之弟——茶人织田有乐的茶室春草庐迁移于此。

"夫人，那边是茶席，请自便。"伙计对雪子说。

"等会儿看看，"雪子叠着自己的大衣，说罢站起身子，"大海真漂亮啊。轮船掌灯了。"

"是美国军舰。"

"美国军舰进入热海了？"菊治也站了起来。

"是小军舰。"

"有五艘哩。"

军舰中央挂着红灯。热海的街灯被小小的地岬遮挡了，只能望到锦之浦一带。

伙计招呼了一会儿，便和沏茶的女佣一同离开了。

二人悠然望着夜间的海面，又回到火钵旁边。

"好可怜啊。"

雪子把手提包拉到身旁，取出一朵玫瑰花，将压挤着的花瓣舒展开来。

离开东京站时，雪子觉得抱着花束上车有些难为情，便随手交给了送行的人。这是当时人家又还回来的一朵。雪子把花放在桌上，看到桌面放着寄存贵重物品的纸袋，便问道：

"要存什么吗？"

"贵重品？"菊治伸手拿起玫瑰。

"玫瑰？"雪子望着菊治。

"不，我的贵重品很大，纸袋哪能盛得下。再说，也不能交给别人保管。"

"为什么？"说罢，雪子似乎马上意识到了，接着说，"我的也不能寄存。"

"在哪儿？"

"这儿……"她大概不好意思指着菊治，只望着自己的胸口，也不抬头。

对面茶室传来水沸腾的声音。

"要看看茶室吗？"

"我不想看。"

"人家特意准备了……"

雪子从茶道入口进去，按照茶道程序，参观壁龛。菊治呆立在踏入席上，一个劲儿发牢骚：

"什么特意，这里不还是遵照栗本的意图布置的吗？"

雪子回头看看，走到炉前坐下来。这里是点茶人的席位，她双膝朝向火炉，静静安坐着，随时等待菊治继续说些什么。

菊治也双膝靠近炉前坐了下来。

"我本不想再提这件事的，在旅馆门口听人提起栗本，我大吃一惊。我的罪孽和悔恨全都缠绕在那个女人身上……"

雪子微微点了点头。

"栗本现在还常去你家吗？"

"打从去年夏天惹怒父亲，她很久没来了……"

"去年夏天……？当时栗本对我说，雪子小姐已经结婚了。"

"哎呀，"雪子似乎早已料到了，"准是那个时候，师傅像是前来商谈另一户人家的事……父亲大发雷霆，说只能听一个媒人一户人家的提亲。前一户人家不成，再来提另外的人家，自家女儿绝不随意应承相亲。不要再愚弄我们了。后来，我非常感激父亲。我能嫁到三谷家，父亲的一番话起了很大作用。"

菊治默不作声。

"师傅也不罢休，她说三谷家像着了魔，还谈起太田夫人的事。真叫人扫兴，越听越令人浑身发抖。听了这种可厌的事，怎么会抖个不停呢？后来我才弄明白，那是我一心一意想嫁到三谷家的缘故。可当时，我在父亲和师傅面前不住打哆嗦，真叫人难为情啊！父亲似乎瞧了瞧我的脸色，对她说：'冷水热水都好喝，唯独温水不好喝。女儿在你的介绍下，得以会见三谷君，我想她自有判断。'经这么一说，才将师傅打发走了。"

烧热水的人似乎来了，传来往浴池里放水的声响。

"这件事虽说让我很痛苦，但我自有主张。所以，任凭师傅说什么，我才不往心里去呢。即便坐在这里点茶，我也很平静。"

雪子仰起脸来，电灯微小的影像映在她眼里，看到她那绯红的面颊和口唇闪耀着的光亮，菊治不由感到一股绵绵情意。他本以为那会是一团美丽的火焰，一旦接触，渗透进全身的却是不可思议的温馨。

"记得那时雪子你系着花菖蒲的腰带，大约是去年五月光景。你到我家的茶室来，那时我以为，你永远都是彼岸伊人。"

"你当时的样子看上去很痛苦，"雪子说罢，微微闪露出笑容，"你还记得花菖蒲腰带？那花菖蒲腰带也包进行李了，等会儿我们还要回家的。"

雪子对自己、对菊治都使用了"痛苦"这个词，但雪子痛苦之时，正是菊治到处寻找文子之际。菊治曾经出乎意料地收到文子从九州竹田町寄来的长信，也曾去过竹田町一趟。那之后到现在，已经一年半了，他依然不知文子的下落。

文子在给菊治的信中，劝说他忘掉母亲与自己，同稻村雪子结婚，绵绵深情，也是向他作别。

永远的彼岸伊人，雪子和文子似乎调换了位置。

永远的彼岸伊人，这个世上或许是不存在的。菊治至今还在想，这个词是不能滥用的。

# 二

回到八铺席房间，菊治打开桌上放着的相册来看。

"啊，原来是茶室的照片。还以为是蜜月旅行的新婚夫妇们的影集呢，真是有点令人吃惊。"

说完，他向雪子那里望去。相册的开头，贴着茶室由来的说明——据说这座寒月庵，本是往昔江户十人众[1]河村迁曳[2]的茶室。后来迁移到横滨三溪园，在那里遭到空袭，屋顶被炸穿，墙壁坍塌，户牖和隔扇四处飞散，地板破败不堪，一派惨象，后来便一直孤零零地腐朽下去。最近才搬到这家旅馆的庭院里来，是因为这家是温泉旅馆，还设有浴场。此外，尽量利用古木旧材，还原初始的布局。或许是因战争结束时节燃料不足，附近的人们把废弃茶室的木材当柴烧了吧，房柱等旧物

---

1　指住在江户被选出管理幕府财政的十位富豪。如果是外地巨贾，即使在江户有产业亦不可在其列。

2　河村瑞贤（1618—1699），江户前期著名木材商人。伊势人。或作河村瑞轩。

上还保留着砍刀的印痕。

"听说大石内藏助[1]观览过这座茶庵？"雪子边读边说。

因为迁叟时常出入赤穗藩[2]阵营，又持有名为"残月"的荞麦茶碗[3]，作为"河村荞麦"传承下来，于是人们便把薄绿釉和薄黄颜料交相绘制出的景色，记为"晓空残月"。

有几张三溪园遭空袭后茶室的照片，其余是搬迁后茶室修葺一新举办落成典礼，以及举办茶会的照片。这些照片都按时间顺序排列下来。

大石良雄来这里，最晚是在元禄时代，也就是这座寒月庵建成以后的事。

菊治环顾室内，这里几乎都是新木料。

"刚才那座茶室的房柱像是原来的。"

在三铺席房间的时候，女佣来关挡雨窗，茶

---

1　元禄十四年 (1701) 的赤穗义士事件中，大石内藏助率领众浪人杀死恶人吉良，为主报仇雪恨。

2　江户时代，控制播磨国（兵库县）赤穗地方的势力。

3　朝鲜茶碗的一种，底色似荞麦色。

室的照片或许就是那时放置的。

雪子翻阅相册良久，说道：

"不换衣服吗？"

"你呢？"

"我是和服，挺干净的，这样就行。趁你入浴，我会把人家送的点心拿出来摆在这儿。"

浴室散发着新木的芳香。从浴槽、浴场、墙壁到天花板，木板颜色柔和，上有美丽的花纹。

女佣顺着长长的通道走下来，可以听到她和雪子说话的声音。

菊治从浴场回来，雪子已经不在了。八铺席的茶室里，被褥已经收起，桌子也挪到了边上。女佣干活的当儿，她或许躲到刚才那个三铺席的房间去了。

"炉火那样就可以了吧？"对面传来雪子的声音。

"可以了。"

菊治回答完，雪子立即走回来，好像别处没有值得看的。她看向他：

"轻松了吧？"

"这个……？"

菊治换上旅馆的袍服，套上夹袄，他瞧着自己的模样。

"去洗吧，泉水好舒服呢。"

"嗯。"

雪子朝着右首的三铺席房间走去，好像从旅行包里拿出了什么。她又打开八铺席的格子门坐下来，把化妆盒放在身后的廊下。她默默双手着地，涨红了脸孔，对着菊治鞠了一躬。接着，她脱去戒指，放在镜台上便出去了。

雪子突然的行礼，使得菊治似乎"啊"了一声。他觉得雪子好可爱。

菊治站起来，瞧着雪子的戒指。结婚戒指原样放在那里，他拿起那枚墨西哥蛋白石戒指回到火钵旁边，对着电灯光照了照。宝石里面散射着红、黄、绿的小亮点，熠熠生辉，时动时灭，时而光耀夺目。透明的宝石内部闪动着摇曳的火焰，紧紧吸引着他。

雪子出了浴场，进入右首三铺席的房间。

八铺席茶室的左侧，隔着狭长的走廊，有两间分别为三铺席和四铺席的茶室。右侧也有一间三铺席茶室，这右首的三铺席，是女佣存放两人行李的地方。

雪子已经在里面好久了，看来是在叠和服。

"这里能敞开些吗？好怕人哩。"

雪子站起身走过来，将菊治所在的八铺席和三铺席的格子门，打开一尺多宽的空当。

菊治也注意到了，只有他们俩住在距离堂屋八九米远的厢房内。雪子望着火光通明的地方。

"那里也是茶室吗？"

"是的。那或许是圆炉[1]，木板上嵌着圆形铁皮炉子……"随着一声回答，菊治透过格子门留出的空当，看到雪子折叠的内衣的裙裾在闪动。

"千鸟……"

"是的。千鸟是冬季的鸟，所以把它染在衣服

---

1 寺院客厅常见的铁制圆形火炉，正式茶室不用。

上了。"

"是波千鸟啊。"

"波千鸟……就是波上的千鸟。"

"叫夕波千鸟吧。和歌里写着'夕波千鸟漫长鸣'[1]……"

"夕波千鸟……也许看到波中千鸟戏水的样子,才叫波千鸟的吧?"

雪子不慌不忙地说着,千鸟裙裾一下子叠好了,消隐了。


## 三


抑或是旅馆上空传来的火车汽笛声,蓦地惊醒了菊治的梦境。

较之刚刚天黑的时候,车轮的轰鸣听起来更近,汽笛高扬,由此知道这时依然是深夜。

---

1  出自《万叶集(卷三)》:"淡海之海夕波涌,千鸟戏水漫长鸣。心中渐生,思古幽情。"

那声音并非大到会把人惊醒的程度，但菊治到底还是被惊醒了。奇怪的倒是他自己，怎么会睡着了呢？

他比雪子更早酣然入梦。然而，等听到雪子沉静的鼻息，他才安下心来。

雪子也许婚礼前后几天太累，就睡着了。临近婚期的那些天，菊治因动摇和悔恨，每晚都睡不着觉。不过，雪子也肯定有失眠的时候。

雪子睡在身旁这种事，似乎是不可能的，然而，雪子平时的馨香就在这里。

那是什么香水？雪子的体香、雪子的气息，还有雪子的戒指和千鸟戏水的衣纹……菊治似乎将这些都看成是自己之物。此种亲密之情，纵然于夜阑梦醒后充满不安的眼睛里也没有消失。这是他初次体验到的感情。

但是，菊治没有勇气打开电灯看看雪子，他拿起枕畔的钟表走进洗手间。

"五点多了？"

菊治不禁想到，在太田夫人及其女儿文子身

上自然而无阻碍的事情，为何在雪子身上就变得可怖而异常呢？是良心上的抵触，还是对雪子的卑怯心理，或是太田夫人和文子征服了菊治呢？

照栗本的说法，太田夫人是魔性女子，就连千佳子今晚预定的房间，对于菊治也是稍稍带有可怕意味的圈套。

菊治怀疑雪子身穿平素不大上身的和服前来，也是出于千佳子的旨意。就寝前，他若无其事地问道：

"旅行为何不穿洋装呢？"

"也只是今天，听说穿洋装有点叫人扫兴。头两次会面都是在茶室里穿和服。"

他没有问是听谁说的，菊治再次思忖，雪子出席婚礼穿的千鸟戏水纹样的衣服，也是千佳子让她印染的吧？

"刚才提到的夕波千鸟的歌，我很喜欢。"

菊治随口应付过去了。

"什么歌？"

菊治迅速念叨一声：

"是人麻吕的歌。"

他温柔地抚摸了一下新娘的后背，不由说道：

"啊，真难得。"

菊治看到雪子有些迷惑不解，只能如此对她表示一下温存。

清早五时醒来，菊治于不安与焦虑之中，依然强烈地感到雪子对自己很是难得。菊治感到，单凭雪子宁静的呼吸和幽微的体香，就能使他获得甜蜜而温馨的赦免。这虽然是个人的自我陶醉，然而，只有女人的恩惠才会给予极恶的罪人以宽宥。一时的感伤也罢，麻痹也罢，总是来自异性的救济。

菊治觉得，纵然明日就同雪子别离，自己余生也会感戴不尽。

不安和焦虑一旦有所缓和，菊治随即感到满心寂寥。雪子或许也在为自己的决心而不安和害怕吧？菊治想将她摇醒，再度拥抱她，但他最终没能这么做。时时有涛声传来，看样子天亮前再也睡不着了。但他还是睡了一会儿，醒来后，明丽的朝阳照在格子门上，雪子已经不在了。已经九点多了，莫不是逃回家了？菊治猛然一惊，打开格子门一看，雪子正坐在草地上，双手抱膝，眺望大海。

"我睡着了，你什么时候起床的？"

"七点左右。伙计来烧水，把我吵醒了。"

雪子回过头来，涨红了脸庞。今朝她换了洋装，胸前插着昨夜的红玫瑰。菊治随即舒了口气。

"那玫瑰倒是没有枯萎呢。"

"昨晚入浴时，我插在洗手间的杯子里了，你没看到吗？"

"我没看到，"菊治回答，"你已经洗过澡了？"

"嗯。刚才起床后，感到有些坐立不安。只好轻轻打开挡雨窗，来这里一看，只见美国军舰正在驶回去。黄昏前来游乐，一大早回归。"

"开着军舰来游乐，真是怪事。"

"是听这里的造园人说的。"

菊治打电话告诉账房自己已经起床，洗罢澡就来到草地上。气候和暖，不像是十二月中旬。他吃过早饭，就坐在走廊里晒太阳。大海闪耀着银白的光芒，看着看着，向阳的地方正随时间变化而移动。从伊豆山往热海方向看去，小小地岬般的隆起重重叠叠。山脚处有波浪奔涌而来，大海的闪光之处也在不停变化。

"天空明亮，海面的波光就像星星的闪光。就是那下面的海水，瞧，那里，"雪子说罢，伸手指着那边，"蓝宝石般的星光……"

"星星"闪闪烁烁，发出团团光亮，映照在眼下的海面上，随处浮泛着点点光明。近处的波光之间仍保持着距离，而远海闪亮如明镜的光，抑或就是这些"星光"的集合。凝神远望，远方的光群也在跳跃不息。

茶室前的草地狭小，再向下，可以看到草地另一头已经泛绿的夏橘的枝条。这里到海边有一段缓缓的斜坡，海岸上长着一排排松树。

"昨夜仔细观察了戒指上的宝石，实在美

丽……"

"毕竟是宝石嘛。那波光就像蓝宝石或红宝石,但最像金刚石的光亮。"

雪子朝自己的戒指瞥了一眼,又遥望向海水的闪光。这番景色很适合关于宝石的话题,他们二人或许也能有这样的时间,但有些事的存在,不允许菊治沉浸于幸福之中。

父亲的房子已经变卖,虽说可以带着雪子回到简陋的新家中,但只要还在新家,菊治依然不能算是真正结婚。还有,一旦一起回忆起往昔,菊治如若有意抛开太田夫人、文子和栗本,那便只剩谎言。两人似乎都不愿提及未来和过去,菊治开口也只谈论目前关于这里的话题。

雪子在想些什么呢?她那阳光映照下的无拘无束的面颜,抑或在给他以关爱吧。如果真是这样,新婚之夜,她应该也能体验到自己的温情。

菊治心中不安,他想走动一下。

他们计划在这家旅馆住两个晚上,中午到热海饭店吃午饭。餐厅窗户下,叶片破败的芭蕉悄然而立，芭蕉的对面是一簇苏铁[1]。

"小时候我曾随父亲来这里过年，苏铁就和那时一样。"雪子环顾这座面对大海的庭院。

"我父亲经常来这里，所以当时我也常跟着他来。说不定见过小时的雪子呢。"

"什么呀，才不会呢。"

"幼年相逢，不是很有趣吗？"

"要是小时候见过面，也许我不会结婚的。"

"为什么？"

"小时候，我很聪明。"

菊治笑了。

"父亲经常这么说呢。他说：'你小时候很聪明，可渐渐变笨了。'"

从雪子的这番话里，菊治可以想象得到，雪子的兄弟姐妹四人里，岳父该有多么疼爱雪子。看她那炯炯有神的聪慧的双眼，幼时的面容如今宛在。

---

1　即俗称的"铁树"，多种植在南方，现广泛分布于中国、日本、菲律宾和印度尼西亚等国家。

# 四

从热海饭店回来，雪子给母亲挂电话。母亲接了，她却没开口。

"母亲很担心，问'你们怎么样啦'，你来说几句。"

"不，请代我问好吧。"菊治立即婉拒了。

"是吗？"雪子回头看看菊治。

"妈妈问你好呢，叫你多保重……"

电话机就在房间里，菊治开始就知道，雪子不会背着自己诉说什么的。

然而，不知是女人家的直觉还是什么，似乎总有些事让母亲放心不下。菊治不明白，是因为新婚旅行第二天新娘就给娘家挂电话呢，还是这婚事本身使这位丈母娘感到惊恐不安呢？但他想，假若因陶醉于丈夫的柔情而羞愧难耐，雪子也许不会打这个电话。

四时过后，驶来三艘美国小型军舰。网代地区远方的天空，稀薄的云层也化作烟雾，在春

205

日里夕暮般迷蒙的海面缓缓浮动。即便运送来的是饥渴的情欲，它们看上去也只是平静的船舶模型。

"军舰又来游乐了。"

"今早我起床时，昨夜的军舰刚刚回去。"雪子说。

"因为无事可做，可以远远地为他们送行。"

"我起来之前，你等了我两个多小时？"

"我觉得时间还要更久些。待在这里看上去好奇怪，但我喜欢。等你起床，我有好多事跟你说……"

"什么事？"

"东拉西扯呗……"

驶来的军舰上，依然灯火明丽。

"在你看来，我为什么要结婚呢？要是能听听你的看法，那将是很让人高兴的事。"

"哦，我哪里会有什么看法呢。"

"话虽如此，要是能谈谈一个女子为何来到自己身旁，不是很叫人高兴吗？我喜欢听听。比如，你为何把我看作永恒的彼岸伊人什么的……"

"去年，你来我家茶室时，也是搽的现在这种
香水吧？"

"嗯。"

"那天，我也是把你当作永远的彼岸伊人
哩。"

"天哪！这香水很招人厌吗？"

"那倒不是，我是想第二天雪子小姐的香味还
会留在茶室内，引得我很想去看看……"

雪子惊讶地望着菊治。

"就是说，我必须断念，因为雪子小姐就是永
远的彼岸伊人。"

"你这么说令我很悲伤。你这么说，是因为别
的人……这我清楚。不过，眼下我只想听你对我
一个人说。"

"那是一种憧憬。"

"憧憬？"

"不是吗，或许就是断念和憧憬两方面吧。"

"你说是憧憬，我很惊讶。不过，无论如何，

我既已断念，那也许就是憧憬吧。但是，断念也好，憧憬也好，无论哪个词，都还未在我的脑子里浮现。"

"或许憧憬这个词，是罪人的语言吧……。"

"你又在说别人的事了。"

"不，不是的。"

"好了，我甚至在想，即便您当时是有太太的人，我也许也会喜欢上您的，"雪子说着，双眼炯炯有神，"不过，憧憬什么的，太可怕了。你不会再提了吧？"

"是啊，昨晚雪子小姐的体香，仿佛也是我自己身上的，真是不可思议……"

"……"

"但是，憧憬消失不掉了。"

"你会很快失望的。"

"绝对不会失望的。"

菊治一口咬定，他对雪子怀着深深的感谢之情。

"我也绝对不会失望。我发誓！"

雪子也突然毫不示弱地给以积极的回应。

不过，五六个小时之后，雪子不还是失望了吗？对于那种失望，雪子并不了解，或者说还只停留于疑惑之中。即便如此，不也使菊治对自己产生了严冷的失望吗？

菊治不光为此感到害怕，他从昨夜开始就很晚才睡，不停地和雪子谈论着。雪子也从昨晚开始，一直温存地陪侍着他。她举止轻柔，总是适时为菊治沏上一杯绿茶。

菊治在浴室刮完胡子出来，抹上护肤膏。这时，雪子也走到镜台旁边，用手指蘸了一下菊治的护肤膏，看来看去。

"平时父亲用的，都是我给他买的……"

"那么，我也用那种的吧。"

"还是不一样为好，"接着，雪子将今晚的睡衣拿过来放在膝头旁，依旧行了礼，然后走向浴室。

"晚安。"

从浴室出来后，她双手扶地，再次轻轻地行

礼。她用手挽住衣裾，十分熟练地滑入自己的床铺。她那少女般爽利而洁净的举止，让菊治看了激动不已。然而不久，一旦沉入黑暗的内里，闭上双眼的当儿，他还是不由回忆起文子那种自身毫无抵触，而只有纯洁本身在抵触的感觉。在他卑劣而污浊的殊死挣扎中，他践踏了文子的纯洁，又仗恃这种妄想打算辱弄雪子的纯洁。这虽然是用心不良的毒药，可是雪子清洁的作为，依然引起菊治对文子的回忆，尽管这种回忆使他痛苦难耐。

此外，对于文子的回忆，又激荡起他心中关于太田夫人这个女人的波澜，想止住也无法止住。魔性的诅咒，人性的自然，不论哪一方也好，夫人已经死去，文子已经消失，而且，两人只有爱，没有恨，那么，如今折磨着他，使他震颤不安的，究竟是什么呢？

他为自己对来自太田夫人的波澜麻痹无感而后悔。但如今，他自身的某些东西反而也麻痹无感了。他有些害怕了。

雪子的头发扫着枕头，沙沙作响。

"给我讲点什么吧。"

菊治听了，心中一惊。或许是因为这双罪犯的双手猝然抱住圣洁的处女，他眼里立即涌出热泪。

雪子的脸孔轻柔地贴近菊治的胸脯，良久，她嘤嘤啼哭起来。菊治压低颤抖的嗓音问道：

"怎么……你伤心了？"

"不，"雪子摇摇头，"不管怎样，我都会爱三谷君的。打从昨天起，我就越来越喜欢你了，所以哭了。"

菊治伸手摸着雪子的下巴，将嘴唇凑过去。他也不再强忍自己的泪水了。对太田夫人和文子的一番幻想，瞬间消泯了。

他想和纯洁的新娘一起度过几天清净的日子，为什么就不行呢？

# 五

第三日，海面同样是一派暖洋洋，雪子先起来梳洗打扮了一番。

今早，雪子从女佣那里听说，昨晚有六对新婚夫妇入住这家旅馆。但是茶室远在山下大海这一边，听不到喧闹的人声。小提琴伴奏的歌声也传不到这里来。

不知太阳发生了怎样的变化，直到下午都不见波面上星星般的闪光。然而，昨天是有"星光"的。就在旅馆下边的海面，七艘渔船出发了。先头的一艘发出蓬蓬蒸汽，拖曳着后头的六艘。那六艘由大到小，井然有序地排成一列。

"是一个家庭啊。"菊治微笑了。

旅馆送给他们的礼物是两双鸳鸯筷，包裹在绘有仙鹤图案的桃红日本纸里。

菊治忽然想起来了，问道：

"那枚绘有千羽鹤的包袱皮带来了没有？"

"没有，全都换了新的，那枚旧的太寒碜了，"

雪子飞红了脸蛋，连直达眼角的美丽的双眼皮都涨红了，"发型也不一样了。不过，收到的贺礼上，也有绘着仙鹤图案的呢。"

三点钟前，他们驱车前往川奈。网代海港，驶进来众多渔船，也有涂着白漆的客船。

雪子回头望着热海方向。

"海水变成红珍珠的颜色了，真的很相像。"

"红珍珠？"

"嗯。我的耳环和项链都是绯红色，拿出来给你瞧瞧吧。"

"回旅馆再说。"

热海一带山峦的襞褶阴影变浓了。一个汉子蹬着柴车疾驰而来，车上坐着他的妻子。

"我也很想像他那样生活。"雪子说。

菊治心中痒抓抓的，他想，雪子或许也觉得找到了意中人，心甘情愿同他过一辈子。

海岸松林间，一群小鸟飞走了。小鸟飞得几乎和汽车一样快，不过还是汽车更快些。

雪子发现，今早从伊豆山旅馆下驶出的七

艘拖船，原来都抵达这里了。从大船到小船，依然如亲密的家人一般，井然有序地打海岸附近驶过。

"好像专来会见我们似的。"

雪子的温情也通达这列船舶之上，她眼下的喜悦也温暖了菊治的内心，现在或许是他一生中最幸福的日子。

去年自夏至秋，菊治一直寻找文子的下落。就在他感到既疲劳不堪，又有些割舍不得的当儿，雪子突然独自来访了。对当时的菊治来说，犹如黑暗中的活物见到太阳。雪子虽然觉得自己的到来令菊治目夺神摇，有几分惊怪难解，本人也有所约束，但自那以后，二人就常来常往了。

不久后，菊治便接到雪子父亲的信。大意是：你似乎在同我家女儿交朋友，不知道你是否愿意同她结婚。早先你们就经栗本千佳子牵过线，当时我和内人也都希望女儿找到个称心如意的婆家。

这封信可以理解为做父母的担心他们两人的

交往，或者说对菊治有所警惕。同时又是父母在替女儿传达她的意思。

自那至今，整整一年了。菊治既在等待文子，又希望得到雪子，他一直在两种心情中徘徊不定。然而，每当他因想起太田夫人和寻找文子而追悔莫及时，头脑里就描画出千只白鹤飞翔于早晨天空和夕暮天空的幻影。那幻影就是雪子啊！

雪子为了看拖船，走到菊治身旁，再没回原来的座席。

川奈旅馆的人将他们带到三楼尽头的房间。这里两侧没有墙壁，镶嵌着适于赏景的落地玻璃窗。

"海是圆的啊。"雪子兴奋地说。

水平线描绘着和缓的圆弧。草地中央的游泳池对面上来几位身穿浅蓝色制服的女球童，她们肩上扛着高尔夫球袋。西边敞亮的玻璃窗里，通往富士山的道路一览无余。

他们想到宽阔的草地上去。

"好大的风啊。"菊治背向西风。

"风有什么关系，走吧。"雪子强拉菊治的手。

回到房间，菊治入浴。雪子趁这时候理了理头发，换了件上衣，准备到餐厅用餐。

"戴着这个去吗？"她把珍珠耳环和项链拿给菊治看。

晚饭后，二人在日光室待了一阵子。这是一座伸向庭院的椭圆形大房子，因为是寻常日子，只有菊治他们来。四周围着窗帘，一对盆栽的桃红山茶花开得正旺，正朝向椭圆形的前方。接着，他们来到大厅，坐在暖炉前的长椅上。大块的木柴在燃烧。暖炉上放着一盆大朵的君子兰，开花也是一对。早开的红梅，在长椅背后的大花瓶里展示着芳姿。高旷的天花板上，也镶嵌着英国式的木质结构，看上去落落大方。

菊治靠在皮椅上，久久望着暖炉的火焰。雪子也目不转睛地瞧着，感到双颊温热。

回到房间，厚厚的窗帷垂挂着。房子轩敞，但没有套间，雪子只得到浴室换衣服。

菊治穿着旅馆的浴衣，坐在椅子上。雪子换上睡袍，不觉间已来到他跟前。那是一件款式新颖的和服，颜色是洋装式样，铁锈红的底子上，微微散落着细白的花纹，袖口宽大而浑圆。穿上它的雪子，一派天真烂漫的样子。她裹着柔软的绿色缎子腰带，一身绯红里翻露着雪白的浴衣，好似一个洋娃娃。

"好漂亮的和服啊！是自己设计的吗？圆形短袖？"

"袖子稍微不同，是随便缝起来的。"

雪子走向化妆台。

他们睡了，只留下化妆台的电灯开着，保持室内光线微明。

菊治猛醒过来时，只听"咚"的一声巨响。

风，呼啸着。庭院尽头是断崖，或许是狂涛巨澜的撞击声。他朝雪子那边望望，雪子不在床上，正站在窗户旁边。

"怎么啦？"菊治也起来了。

"那响声好怕人呢。海面出现了桃红的火光，

217

快来看……"

"是灯塔吧。"

"一醒过来就害怕地睡不着了。刚才起来之后就一直瞧着呢。"

"是波涛的声音。"菊治把手搭在雪子的肩膀上。

"怎么不叫醒我呢?"雪子的一颗心仿佛被大海夺走了。

"瞧，泛着桃红的光亮。"

"是灯塔。"

"虽说也有灯塔，但比灯塔的灯更亮，而且是突然冒出来的。"

"是波涛的响声。"

"不对。"

似乎是撞击悬崖的涛声。海面上冷月弯弯，沉寂于黝黑的底子里。菊治也望了好大一会儿，是和灯塔的明灭不太一样。桃红的闪光间隔较长，又没有规律。

"是大炮! 我还以为是海战哩。"

"啊，那是美国军舰在演习。"

"是的，"雪子也信服了，"那响声好可怕呀。"雪子说罢，放松了肩膀，菊治抱住她。

弯月映着夜间的海面，风在鸣叫。远方闪现桃红火焰，紧接一声巨响，菊治也有些害怕。

"深更半夜，不可一个人观望。"

菊治紧缩着臂腕，把雪子抱了起来。她怯生生地搂着他的脖子。

一股悲戚之情袭上菊治心头，他断断续续地说：

"我呀，不是残废，不是残废。不过，我丑陋的污点和背离道德的记忆，尚未饶恕我。"

雪子似乎昏了过去，重重依偎在菊治的怀里。

一

旅途的别离

# 一

　　菊治新婚旅行回来，在焚烧去年文子的信件之前，又重新看了一遍。

　　开往别府的"小金丸"船上。十月十九日……
　　你在四处寻找我吗？权当我不知下落了吧，请原谅我。
　　我决心不再见你。我甚至不想将这封信发出去。即使发出，也不知会等到何时。我打算前往父亲的故乡竹田町。即便这封信能到达你手中，那时我也早已不在竹田町了。
　　父亲也是二十年前离开家乡，我对竹田町很

生疏。

　　　　四方围岩壁，竹田秋水流。
　　　　竹田城门洞，南北一径通。
　　　　芒草竹田町，雪白遮门洞。

　　我只不过是根据与谢野宽和晶子夫妇的《久
住山之歌》，还有父亲的话，想象着加以描述罢
了。

　　我将回到看了也全然不知的父亲的故乡去。

　　久住町有个人，据说也是父亲小时候见过的，
他写了如下的和歌。

　　　　故国山川美，流水传心音。
　　　　连天原野色，浸染儿时我。
　　　　我心独苦寂，群山被白云。
　　　　离情终消去，愿卿得安逸。

　　这些和歌也引诱我回归父亲的故乡。

心映久住山，疑近大师旁。

此身知微贱，只图山川秀。

蓦然峰峦消，久住山云浓。


与谢野宽的这些和歌同样吸引我回到久住山（亦作九重山）。

虽然我也写了"离情"的和歌，但我对你从未有过叛离之心。即便有叛离之心，那也是针对我自身的。纵然如此，说是叛离，更是悲戚。

在那之后，三月以来，我只祈求你平安。我不该给你写这样的信。我把给我自己写的信寄给你了。写成之后或许会投入大海，也或许写不完。

侍者将大厅四面的窗帘逐一放下来。大厅内除我之外，只有两对年轻的外国夫妇，他们坐在另一头。

我是独自一人旅行，买了头等舱。我不喜欢好多人挤在一起。头等舱两人一个房间，别府观海寺温泉旅馆的老板娘和我住在一起。听她说，她刚照料完在大阪生孩子的小姑子，眼下正要回自己的家。

在大阪时没有睡好觉，我想美美睡一觉，所以决定乘船。我从餐厅回到房间不久，就上床睡了。

我们的"小金九"离开神户港时，进来一艘名叫"苏伊士之星"的伊朗轮船，那船形好奇怪。

"可能是客货轮。"

老板娘对我说。我心想，连伊朗船也驶进来了。

随着轮船出港，神户市和背后的山峦眼见着昏暗下来。秋令天短。一到夜里，海上保安官就通过广播提醒人们注意，在船上赌博绝对赢不了，输的人也将一样受处罚……

今日很可能有人赌博。内行的赌徒或许都乘三等舱。

看到温泉旅馆的老板娘睡着了，我就到大厅去。两对外国夫妇中的一位妻子是日本人，外国人不是美国人，好像是欧洲人。

我突然想，倒不如嫁给外国人，远走国外岂

不更好。

想哪儿去了？我又突然开始反驳自己。即使乘船时，我也根本没想到结婚之类的事。

那个日本女子看上去出自有教养的家庭，她极力模仿西洋人的表情和做派。尽管这种品性不算坏，但在我看来还是太过刻意。或许是一想到自己同洋人结了婚，心中的自豪感就促使身子这么做了吧。

可我真弄不懂，这个三月里有什么事能使我心动呢？想起在茶室前打碎志野瓷筒形茶碗，真是羞惭难当，差点没缓过气来啊！

我说，还有更好的志野瓷茶碗。那时，我确实是这么想的。

我把志野瓷水壶作为母亲的遗物送给了你，看到你高兴地接受下来，所以无意之中也想把筒形茶碗一道送给你。后来想想，还有更好的志野瓷茶碗，便感到坐立不安。

你曾说过这样的话："送人要送最好的东西。"我相信那个"人"只限于菊治先生。我只有一个念头，就是使母亲更完美。

那时候我只希望母亲变得更完美，无论对于死去的母亲还是被撇下的我，都再不想获得什么救赎了。在我那颗紧张而似着魔般的心里，每每想到将那不太好的筒形茶碗作为母亲的遗物送给了你，就实在后悔莫及。

三月过去了，如今，我的心情也不一样了。我不知道是美梦破灭了，还是噩梦清醒了。反正在摔毁那只志野瓷茶碗的时候，母亲和我就同你彻底无缘了。尽管我后悔摔毁志野瓷茶碗，但或许这样做也未尝不可。

当时我说，那只茶碗的碗口浸染着母亲的口红，只是出于一种疯狂的执着。

随之而来的，是一个可怕的记忆。父亲还活着的时候，栗本师傅来我家，父亲拿出一只黑乐茶碗给她看，名字记不清了，好像叫长次郎。

"啊呀，都长霉啦！看来没有保管好，用过后就那么放着不管了，对吗？"

师傅皱起眉头说。茶碗表面渗满了一层腐烂

菖蒲花似的霉斑。

"即便用热水也洗不掉。"

她把湿漉漉的茶碗放在膝盖上，仔细瞧了瞧，猛然将手指插进头发里挠了几下，用那只油手顺着茶碗擦磨了一圈，霉斑消失了。

"啊，好啦，请看。"师傅得意起来。但父亲没有伸手。

"好脏啊，我不喜欢，太恶心人了。"

"我擦干净了。"

"不管怎么擦，我都不喜欢，也不想用这茶碗喝茶。你要是想要就送给你。"

当时小小的我坐在父亲身边，那种可怕的场景便留在了我的记忆里。

听说师傅后来将那只茶碗卖掉了。

女人的口红浸染在茶碗口上……现在回忆起来，我同样感到可怕。

请忘掉母亲和我，同稻村雪子小姐结婚吧……

# 二

别府观海寺温泉，十月二十日……

要是从别府乘坐途经大分的火车，去竹田町就快些。但我想"就近"观赏九重群峰，特地选择了这样一条路线：翻越别府背后的由布岳山麓，从由布院乘火车到丰后中村，然后从那里进入饭田高原，再翻过南面的山峰，由九住町前往竹田町。

虽说竹田町是父亲的故乡，对我来说却是个未知的城镇。今日，父母已不在世，真不知人们会怎样迎接我。

"我感到，这座城镇是我心灵的故乡。"父亲说。

或许真像与谢野夫妇歌中唱到的，是个"四方围岩壁，出入钻洞门"的地方。

要是母亲还在，她会详细对我说明白的。据说在我出生之前，母亲曾经被父亲带着去过一次。

看来在我答应原谅你父亲和我母亲的时候，就背叛了我父亲。这座城镇即便是父亲的故乡，对我却是异地他乡，那么，它为何会吸引我前往呢？这座既是故乡又是异乡的城镇，为何为今日的我所眷恋呢？难道我总想着父亲故乡的城镇，会有帮母亲与我赎罪的清泉吗？

归来未拜父，只顾望家山。

此歌亦见于《久住山之歌》。

我以为，当我原谅你父亲和我母亲的时候，实际上也在孕育后来母亲和我的罪过。这件事或许就像咒语一般紧紧套住你，折磨你吧？不过，任何罪愆和诅咒都有限度，自我打碎志野瓷茶碗那天起，这一罪愆就已经了结了。

我只爱两个人，母亲和你。我说我爱你，你或许感到惊讶，我自己也很不理解。但我认为，要是隐瞒不说，反而不能为"他"祈求平安。我并不因为你对我所做的一切责怪你，怨恨你。我只是想，我的爱获得了强烈的报应，受到了最严酷的惩罚。我的两种爱走到了尽头，一是死，一是罪。这难道就是我这个女人命中所定吗？母亲用死做出清算，我因负罪而遁走。

"啊，我真想死。"这似乎是母亲的口头禅。

"你想叫我死吗？"当我阻止她去见你的时候，她就这样威胁我。自从在圆觉寺的茶会见到你之后，母亲就一心想自杀。从我打碎志野瓷茶碗那天起，我就知道了。虽然母亲去见你成为她自杀的根源，但母亲还是一个劲儿想去见你，她还是想好歹活下去。我阻止了母亲，是我逼她死的。自打碎志野瓷茶碗那天起，我也一天到晚都想自杀了。所以，我更加了解母亲了。如果母亲不死，我想我也会死的。是母亲的死阻止了我的死，

那时，我在石头净手盆上摔毁志野瓷茶碗，只觉得神志恍惚，差点倒在石头上，是你一把扶住了我。

"妈妈！"我喊叫了一声，或许你也听到了吧？我也可能没叫出声来。

你叫我不要回去，你说要送送我，我只是摇头。

"我再也不见你了。"

说着，我逃了回来。我出了一身冷汗，真心想死。我并不怨你，只是觉得自己已经穷途末路，再没有前途了。我的死连着母亲的死，似乎是必然的事。如果说母亲是因为忍受不了自己的丑行而死，我也同样如此。不过，有时我也想到，悔恨的火焰中盛开着莲华。正因为我爱你，所以不管你对我做什么，都不能算作丑行。我就像夏蛾扑火。母亲因自己的丑行而死，我却认为母亲很美丽，或许我在梦中失去了自己。

然而，我和母亲不同。母亲见了你一次，心情就平静不下来，老想同你见面；而我只见你一次，梦就碎了。我的爱是开始，也是终结。我的感情与其说被压抑，被践踏；毋宁说被撞击，被抛撒。

"啊，不行。"我想。母亲死了，我也完了。你若能和雪子小姐结婚，那就太好了。那样，我也获得了救赎。

你越是寻找我，追踪我，我就越有可能自杀。这话听起来也许太自私了，但我既然一往情深地认为母亲是美丽的，那么，我就一心想将我们从菊治君身边彻底抹消。

栗本师傅说，是我和母亲妨碍了菊治君结婚。我自己也很明白这一点。师傅还说，自打菊治君同母亲见面之后，性格完全变了。

打碎志野瓷茶碗的那天晚上，我一直哭到天亮。我到朋友家，邀她一起去旅行。

"你怎么啦？眼泡都哭肿了。你母亲去世时，你也没有哭成这样，不是吗？"朋友惊讶地说。她陪我一同去了箱根旅行。

其实，比起那时候，还有母亲去世的时候，更令我悲伤的是幼年时代的一件事。栗本师傅到我家来辱骂母亲，要她和你父亲分手。我躲在里头一听，哭了起来。母亲把我抱到师傅面前，我很不情愿。

"妈妈正受到人家的欺侮，你在背后哭闹，叫妈妈怎么受得了呢？让妈妈抱抱吧。"

　　母亲说道。我也没有仔细瞧瞧师傅，便坐上母亲的膝盖，将脸藏在母亲怀里。

　　"嗬，连孩子都派上角儿了。"师傅发出一声冷笑。

　　"你好聪明，三谷伯伯他来干什么，你一定很清楚吧？"

　　"不知道，我不知道。"我连连摇头。

　　"你不会不知道。那位伯伯，他明明是有夫人的呀，都怪你妈不好，那位伯伯有个比你还大的孩子呢，连那孩子都恨你妈。你妈的事要是给学校老师和同学知道了，你会觉得很丢脸吧？"

　　"孩子是无辜的。"妈妈说。

　　"孩子既然是无辜的，那就让她生长在无辜的环境里怎么样？一个无辜的孩子，怎么哭得这么动人呢？"

　　当时我十一二岁。

　　"你没有为孩子做些好事，她好可怜……你打算让孩子在阴影里长大成人吗？……"

当时，我只感到一种撕心裂肺的悲伤，比母亲去世以及同你分手时还要痛苦。

到达别府已是中午，乘汽车围绕地狱汤泉区[1]转了一圈。所幸借助同船室友的关系，住进了观海寺温泉。

今晨船在伊予海面航行，风平浪静。太阳照进船室的窗户，在日光下脱去上衣，只留一件衬衫，却还是汗津津的。轮船进入别府港，连绵的群山以右首的高崎山为首，向左环抱着城区，好似一湾既大且圆的海浪。我想，在具有装饰风格的、以波涛为题材的日本画中，是有这样的海浪的。观海寺温泉位于后山山脚下，从浴场可以一眼看到城镇和海港。我很惊讶，竟然有如此高旷而明亮的温泉场！围绕地狱汤泉区绕一周，车票一百元，游览费一百元，十六处地狱温泉中，多数为私人经营，有名为"地狱组合"的工会组织。汽车走一圈需要两个半小时。

---

1 地层内部喷出高热的泉水及各种气体，形成了火山地带特有的天然浴场。谓之"地狱"，取其"灼热、阴森"之意。

234

血池地狱和海地狱，这两处地狱温泉水色妖艳而又神秘，简直无可形容。血池地狱犹如从底部喷出血来，消融于透明的热水池里。血色鲜丽，池子里不断腾起滚滚蒸汽。海地狱，或许因池中热水呈海水之色而得名。我从未见到过如此清澈明丽、纯净淡蓝的水色。在远离城镇的山地温泉旅馆，于夜色将尽时想象着血池地狱和海地狱的奇异颜色，它们宛若来自梦幻世界中的泉水。假如母亲和我徘徊于爱的地狱中，那里也有如此美丽的泉水吗？想到这里，我恍如置身于地狱温泉的水色之中。容我暂时写到这里吧。

三

于饭田高原筋汤，十月二十一日……

我在高原深处的温泉旅馆，毛衣外头裹上了一件宽袖棉袍，在依旧寒冷的夜气里，将肩膀倾斜于火钵上。火灾后迅速修复的旅馆，门窗建材质量很差。这座筋汤旅馆位于一千多米高的山坡上。明天还要翻越一千五百米高的山峰，住进标高一千三百米的温泉旅馆，虽说在东京时已经做好了防寒准备，但这里和今早的别府气温相差实在太大了。

明日抵九重山，后天就能到达竹田町。明天不论是在旅馆，还是在竹田町，我都会继续给你写信的。然而，我最想对你说的应该是什么呢？我写的不会是旅途记事，那么，关于九重山和父亲的故乡，我究竟该说些什么呢？

或许是想告别一声吧？但我只想对自己作一次无言的告别，此外，再不想多说什么。这一点我自己很清楚。虽然和你也没说什么话，但我觉得已经说得够多的了。

我请求你原谅我的母亲。每次见面，我都代母亲向你道歉。

为了求得宽恕，初次拜访你家的时候，你就对我说过，你很早以前就知道母亲有我这个女儿。并且，你说你曾幻想过同那位小姐谈谈你父亲的事情。

你还说，你父亲的事固然可以谈，要是能找个时间再谈谈我母亲的事该多好。

但我一直没有找到机会，而且永久失去了这样的机会。如果之前还能同你相会，谈起你的父亲和我的母亲的事，那么，如今我只能因悔恨和屈辱而浑身战栗。我们不能谈论父母，我们这样的孩子，能够相爱吗？写到这里，我流下泪来。

自打我十一二岁时受到栗本师傅的责骂，"三谷伯伯"有个男孩子这件事，就深深刻印在我心中，但我一次也没有同"三谷伯伯"谈起过那个男孩子。因为一旦谈起，心里就会不舒服。那男孩子有没有走向战场，我一个小女学生怎么好过问。

空袭越来越厉害了。那之后，你父亲时常来我家里。我常想，一旦出事，那孩子就会和我一样，成为没有父亲的人，所以我总是送你父亲一道走。细想想，那孩子或许已到应征的年龄，但不知怎的，我还一直把他当成一位少年。大概是那次师

傅提起那孩子时引起的伤痛，深深渗透在心底的
缘故。

　　母亲是个无用的人，我得出去买东西。在争
争抢抢挤上火车的一帮人中，我发现一位美人，
就紧挨着她坐下来。我们互相询问到哪儿去，要
买什么东西，说着说着，就扯到各人的身世上来
了。

　　"我给人做妾。"

　　美人直率地对我说。

　　"我也是妾的孩子。"我这个女学生这么一说，
她就大吃一惊。

　　"啊呀，不过，能长这么大，也挺不容易
啊。"

　　看来，她误解了"妾的孩子"这句话，我只
是羞红了脸，没有给予纠正。

　　她觉得我很可爱，时常约我一道去买东西。
我们俩曾经从她的故乡新潟贩运过大米。我忘不
了她。

　　长这么大又有什么好，我再也不能同你谈谈

你父亲和我母亲的事了。

听到了温泉瀑布的响声。所谓"水打"，就是使几道温泉水从高处落下，人站在下边受冲击，这样可以起到疏通筋骨、减轻疼痛的作用，因而又被朴素地称作"筋汤"。旅馆里没有"内汤"，可以去宽大的公共浴池，这里位于涌盖山和黑岩山之间的深谷之内，夜间的山气会流淌下来。水的颜色也同别府的血池地狱以及海地狱的梦幻之色不一样。

看到了山间美丽的红叶。在别府背后的城岛高原上能望到的由布岳也很峻秀。从丰后中村攀登饭田高原，途中观赏了九醉溪的红叶。沿着十三曲登上顶峰回头一看，逆光之中，山阴和襞褶越发深沉，红叶之美也愈益醇厚了。从山肩照射过来的夕阳，将红叶世界打扮得分外妖娆。

估计明日的高原、群山之上，也会是好天气吧。我在遥远的山间旅馆，祝你睡个好觉，而我出外旅行，三天没有做梦了。

自打碎志野瓷茶碗的那天晚上开始，我在朋

友家里住了三个月，夜夜都难以成眠。我在朋友家住得过于长久了。租住的上野公园后面的房子里存有少量的行李，也由朋友帮我取来了。

听这位朋友说，第二天你好像到公园后面找过我。即便是朋友，我也没有对她说明我从那里逃离出来的缘由。

或许我只能说，你是个不能爱的人。

不过，我也许被爱过。被一个不能爱的人所爱，这样的故事大都是谎言。女人都想编造这样的谎言，虽然我把你的爱当作是真诚的……朋友的意思也许是，这个世界不存在绝对不能爱的人。她的话也许是对的。例如，假使能像我母亲那样一心想死……

不过，力求使母亲的死变得美好的我，将会被你引向何处，这个问题我想你最清楚。纵然不是被你带领，而是我主动跟着你前行，但其中是否有身不由己，我就无从判别了。我自己干的事，能说是不情愿的吗？还有，能说站在旁观的立场看别人干的事是不够纯粹的吗？能说神祇和命运在对人的行为加以宽恕时是不够真诚的吗？

有件事写出来可能不太合适，留我寄宿的朋友，从前和一个男人共同犯过错。说不定这样的朋友更值得信赖。所以，她一眼就看出了我的问题。然而，她不会知道我正陷入后悔的旋涡之中。

或许，我也像母亲，总在有些地方显得漫不经心吧。我一旦稍稍变得快活起来，朋友就同意我单独外出旅行。

我觉得自己住旅馆，比起同母亲在一起，或母亲去世后一个人过日子，更潇洒自在。然而到了夜晚，依然会感到不安和忧愁，一种孤独感迫使我写出此种无法投递出去的信来。自那之后我沉默了三个月，究竟还想说些什么呢？

四

于法华院温泉，十月二十二日……

今日穿过一千五百四十米高的山岭，翻越谀

峨守越，入住标高一千三百零三米的法华院温泉旅馆。据说这里是九州标高最高的山间温泉。我前往竹田町的旅程，今日还要翻越山岭。明天下山到久住町，抵达竹田町。

不知是因为顶着高原的太阳走了一天的路，还是这里的硫黄气味太浓烈，今晚稍稍有些疲惫。不仅是这里汤泉的硫黄，谏峨守越一侧硫黄山的烟气，也会随风向的改变而飘流下来。听说银壳手表什么的，在这里一天就会变黑。

"昨天早晨五度，今天早晨四度……今夜比昨夜更寒凉了。"旅馆的人说。不知道他们是早晨几点钟看的温度计，黎明前的气温也许会下降到接近零度。

不过，我的房间在另一栋楼，是座僻静的两层建筑。窗户镶着双层防寒玻璃。棉袍厚实，钵火旺盛，比起昨夜的"筋汤"旅馆舒服多了。只是时时感到凛凛砭肤的山间夜气。

法华院温泉旅馆是一座独立的建筑，不派发邮件和报纸。据说旅馆到村镇大约十公里，邻里相隔也有五六公里光景。这里距离小学也是十多公里，孩子们到了上学的年龄，就得寄宿在山下的村子里。

房东家两个孩子，哥哥六岁，妹妹四岁。或许看我是独身女子，那家祖母跟我攀谈了好一阵子。两个孩子也跟在身边，争相坐在奶奶的膝头。一开始，妹妹跨坐在奶奶的膝盖上，抱得紧紧的，哥哥想把她推下来，妹妹猛然扑向他，互相追逐，扭成一团。哥哥天生一双俊美的眼睛；四岁的妹妹则瞪着一双硕大的眼睛，神情威严，一副不甘示弱的架势。也许是山地日光猛烈，才会养出如此峻厉的目光吧。

"附近没有能和你家小兄妹一起玩的孩子吧？"我问。

"得走十多公里，才能见到邻家的孩子。"

听说小女孩出生时，做哥哥的男孩子嘀咕道：

"妈妈本来明明跟我睡，偏偏生下她。"

不过妹妹未生之前，他就说：

"等生下小宝宝，我要睡在她身旁。"

但是，哥哥现在跟奶奶睡在一起。冬季旅馆不营业，他或许就要住到山下的村子里。但我被生长在山间独门独户人家的孩子们强劲的目光慑服了。他们都有一张圆乎乎的可爱脸蛋。

我突然意识到我是个独生女儿。

因为生下来就一直是一个人，已经习以为常，平时不再注意了。当然也不是完全想不到，而是不再加以深深思考。巴望有个哥哥或姐姐的女学生式感伤也似乎消失了。就连母亲去世时，也未曾想过要是有个兄弟该多好，而是马上给你打了电话。你承认你是掩盖母亲之死的真相的帮凶。后来想想，母亲的死，责任就在于你……假若有个哥哥，就不会那样。有哥哥在，母亲也不会死。至少我不会堕入那种罪孽的悲哀之中。如今想想，我为我的觉醒感到惊讶。作为独生女的我，本来不该全都仰仗着你，可我对你过于依赖了。

作为独生女的我，一个人住在山中的一户人家里，很想呼唤一声并不存在的哥哥。或许不是哥哥，是姐姐或弟弟，只要是兄弟姐妹就行。一心想呼唤一声没有生在这个世界的兄弟姐妹，你觉得很可笑吧？

我是独生女，你也是独生子。这一点，我以前从未想到过。你父亲到我家里来，也一概不谈自家事，根本没有说过你是独生子。一次，他对我说：

"没有兄弟姐妹，很寂寞吧？要是有个弟弟或妹妹该多好。"

我顿时脸色苍白，不住抖动着身子。

"可不是吗……太田临死时，也觉得撇下个女孩，实在太可怜啦。"

好心眼儿的母亲应和道。可等她看到我的表情，就吓得不再出声了。

我感到憎恶和恐怖，大约是十四五岁的时候吧，那时我已经清楚地知道母亲的事了。我想你父亲的意思是想生一个和我异父同母的孩子。现在想想，或许也只是我的胡乱猜测。你父亲也许想到自己有你这个独生子，母亲却只有我，定会觉得寂寞难耐。不过那时候，我的内心是很不平静的。假如母亲生下孩子，我决心要把那孩子害死。这种杀人的念头，或前或后都未曾有过，唯独那时藏于心中。我也许真的会杀人。

不知是出于憎恶、嫉妒还是愤怒，少女只是一个劲儿颤抖着身子。那情景母亲似乎也注意到了，她说：

"请人看过手相，说我只能有一个孩子。"

"一个好孩子，能抵上十个孩子。"

"那倒也是……不过，独生女儿不善交际，只是生活在个人的小圈子里，自我封闭，不爱同别人交流。"

你父亲是看我沉默寡言，才这样说的吧。我躲避着，不瞧你父亲的脸，也不说一句话。我像母亲，并不是个内心抑郁的孩子。每逢我兴高采烈的时候，你父亲一来，我就立即沉默不语了。母亲看到孩子的一番抗议，也许感到很痛苦吧。也许你父亲说的不是我，而是指的你。

但是，假如我要杀死的那个孩子生下来，又

会怎么样呢？那既是我的弟或妹，也是你的弟或妹……

啊，真可怕！

我翻高原，过山岭，这种病态的想法也该洗掉了，我理应是从"晴朗的天气"中走来的。

晴朗的天气。

啊，晴朗的天气！

今朝，走出"筋汤"不久，途中听到村民们如此相互打着招呼。这一带，"晴朗的天气"就是指"好天气"，语尾表达得很清楚。他们的问候，也使我的心一片晴朗。

实在是个难得的好天气。连续不断长在路边的芒草或萱草的穗子，被朝阳照耀得银光透亮。柏树的红叶也一派明丽。左首山脚下的杉树林间，罩上了一层深深的阴影。母亲们都忙着收割稻子，便在田畦铺上草席，将身穿红色和服的婴儿放在上面坐着，在他们身后的白布袋里塞满食物，玩具也一并放在草席上。这一带天气冷得早，插秧也赶早，听说是边生火边插秧。不过，今早倒是

247

看到草席上的孩子都坐在暖洋洋的阳光里。我也只是换上了橡皮底靴子，不需要穿防寒衣物。

从"筋汤"出发，有好几条登山道路，也有通往山口的近路。但我选择经由饭田邮局和学校，穿过高原中央，一边遥望九重群峰，一边举步向前迈进。不登高山，只是经过诹峨守越，前往法华院温泉。因而这是一段不太耗费足力的行程。

所谓九重，原是群山的总称，自东边数起，有黑岳、大船山、久住山、三俣山、黑岩山、星生山、猎师岳、涌盖山、一目山和泉水山等。这些山峦的北侧，就是饭田高原。

提起群山的北侧，有涌盖山向西蜿蜒而去，崩平山等则位于高原北部，或为群峰包裹，或被四方山峦支撑，飘浮于空中。山间布满红叶，芒草花穗白浪翻滚，但我觉得高原上仿佛洋溢着一股温润的紫气。标高均在千米左右，东西南北宽阔，宽度约达八千米。

那南北亦即我走过的方向。一旦进入广袤的原野，一直向前，不久就可以远远看到三俣山和星生山之间飘逸着硫黄山的烟雾。群山一派晴明。右首的涌盖山上空，只是浮游着一缕淡淡的白云。打从离开东京时起，我就瞄准这座高原"晴朗的天气"而来，我感到很幸福。

我只知道信浓高原[1]，但这座饭田高原，正如许多人所说，有着罗曼蒂克的魅力。温和，明朗，令你相思千里，令你魂牵梦萦。南侧群峰连绵，温润婧丽，气品高雅。轮船驶入别府港时，环抱城镇的群山显现的圆形的波涛，固然使我心醉；在饭田高原所见到的九重峦峰，其高度更令我感到亲切而协调。这或许是分布均衡的缘故吧。久住山高约一千七百八十七米，乃九州第一高峰。大船山一千七百八十七米，乃第二高峰。这两座高山虽然藏而不露，但三俣山和星生山分别高达一千七百四十米和一千七百六十米。一千七百米以上的山峰听说有十多座。不过，人在千米高原之上，和群峰比肩而立，所处高度相差无几，似

---

1 位于长野县。

乎显得和群峰十分亲密。再说，这里是南国，大海不很遥远，高原之色显得明朗多姿。

来到堪称高原中心的长者原，我在松荫下休息了好长时间。长者原上分布着一簇簇松树，我被草原中央的一棵松树吸引了。稍稍走过去，坐在松荫下，好迟才吃了盒饭。约莫两点半光景吧，我环顾了一下已经染上秋色的广阔草地，从我所在的位置看过去，承受阳光的地方和逆光的地方，色相产生微妙的差异，山峰的颜色各不相同。红叶秋丽的山野，看起来简直就像彩绘玻璃。就这样，我似乎置身于大自然的天堂之中。

"啊，真是应该来啊！"

我脱口而出。芒草穗子的波涛再次变得银光迷蒙，原来我早已泪流满面。然而，这不是玷污忧伤的泪水，而是洗涤悲哀的泪水。

我想你。为了离别，我来到高原，来到父亲的故里。每每念起你，我就为悔恨与罪愆所困扰，无法离去。我还不能重新迈步。原谅我吧，来到遥远的高原，我更加想你了。这是为着离别的思念。我一边在草原上散步，一边眺望群山，请让我继续将你记在我心间。

我在松荫下一直想着你。如果这里是无盖的天堂，不就可以直接升上天空了吗？我再也不想动了。我一心只为你的幸福祈祷。

"同雪子小姐结婚吧。"

我说着，同我心中的你作别。

虽说无法将你忘却，但今后不论以多么丑陋和污浊的心想起你，我都会回忆起，我在这座高原思念你时，已经同你告别。如今，母亲和我彻底从你身边消失了。我最后再次向你致歉。

"请原谅我的母亲吧。"

为了从饭田高原翻越谏峨守越，似乎应该从三俣山脚攀登而上，但我却选定了运输硫黄的道路。

随着离硫黄山越来越近，山的姿态也变得可怕起来。远远看去，硫黄的烟雾似喷出的火焰。广阔的山腹一带喷出硫黄，直到山脊，寸草不生，山体也被烤焦了。岩石和泥土呈现黑幽幽的颜色，缺乏光泽的灰色和褐色有废墟之感。人们在左首的小山上采掘天然硫黄（往喷气孔内插入圆筒，冰凌般的硫黄从筒口垂挂下来，即可进行采掘），我钻过采掘场的烟雾，越过裸露的累累岩石，到达山顶。

从山顶下山到达北千里浜，回头仰望，透过硫黄烟雾看去，正沉下山头的太阳好似白茫茫的月中妖怪。前方，大船山优美的红叶犹如夕暮的锦绣。走下陡峭的斜坡，就是法华院温泉。

今晚写了一封很长的信，是想告诉你，我度过了分手之后身处清纯无垢的高原的一日。不要记挂我，早点歇息吧。

## 五

于竹田町，十月二十三日⋯⋯
我来到父亲故乡的城镇。
今日傍晚，我穿过岩山洞门，进入竹田町。

从法华院温泉走到久住高原，再乘汽车从久住町到达竹田町，花了大约五十分钟。

住在伯父家里。这是父亲的老家，初次见到父亲出生的房屋，心情有些奇特。这里是故乡，同时又是异乡的城镇。我来到这里，看到酷似父亲的伯父，阔别十年后，父亲的面影又历历浮现在眼前。如今，无家可归的我仿佛又有了家。

听说我是从别府绕过九重山而来，伯父深感惊讶。一个人登高山，住温泉，好一个强梁的姑娘！我虽然很想看看高山，但要到父亲的家乡来，还是有些犹豫不定的。父亲死后，母亲也和他们疏远了，再说，她的生活也使她无法同父亲的亲族见面。

伯父说，要是从船上发个电报来，他就会到别府接我……我想我是写了信的，告诉他们我要来，但信没有电报来得快。

"弟弟死的时候你是几岁？"

"十岁。"

"是十岁吗？"伯父重复着，瞧瞧我。

"和你母亲长得一模一样。我虽然没怎么见过你母亲，但见到你就能想起她来。不过，你有些地方也像弟弟，那耳郭就像太田家的人。"

"见到伯父，就想起父亲。"

"是吗？"

"我也要工作了。一旦上班，就没时间出外旅行了，所以想在那之前来看看您。"

一个人的时候，我不愿意谈起自己的身世。我也没有向伯父打听什么。伯父也没有来吊唁母亲。从九州到东京太远，赶不上葬礼，再说，当时为母亲实行的是限于自家范围的"密葬"……

我只是想和与母亲有过联系的您告别，才特地到父亲的老家看看的。我想逃离母亲疯狂的爱的旋涡，回归对健美的父亲的忆念。然而，我一走入这座四面岩山包裹的黄昏中的小镇，就有一种落拓之人来到隐居之地的寂寥之感。

今晨，我在法华院温泉旅馆睡了个懒觉。

"早上好。"

旅馆的人跟我打招呼。他还说，一大早，小

孩子在楼下"骚动"，你没有睡好吧？但我什么也不知道。

那个目光峻厉的女孩子也跟着来伺候客人吃早饭了。她依偎在祖母身旁，听说一早她从堂屋到另一座楼的渡桥上掉了下来，那桥高约一丈五尺，幸好她落在三块岩石鼎立的正中央，捡了一条小命。得救时，她又哭又喊：

"木屐冲走啦，木屐冲走啦！"

有人逗笑说，再掉一次看看，怎么样？她答道：

"算了，没衣服啦。"

小河畔的岩石上，晒着一件女孩穿的红色无袖羽织，上面印着粗线条的蓝底碎白花和蝴蝶戏牡丹的花纹。我看到朝阳照射在红色无袖羽织上，立时感到一种温馨的生命的恩惠与眷顾。之所以说掉在三块岩石之间，掉得恰到好处，是因为，三块岩石之间的空隙十分狭小，一个小孩儿的身子就填满了。稍有差池就会撞在石头上，即使不丢掉性命，也会摔成个残疾。小孩子家不懂得什么叫危险和恐怖，身体哪儿都不觉得疼，一点事儿没有。我觉得，掉得这么巧妙的是这个孩子，似乎又不是这个孩子。

我无法让母亲起死回生，但我总觉得一定有什么东西会使我活下去。我强烈地想为你的幸福祈祷。人间的耻辱和罪业的岩石之间，也该有拯救掉落的孩子那样的场所。

我怀着效仿这个孩子的心情，摸摸她浓黑的娃娃头，从而离开了法华院温泉。

大船山的红叶真是太美了，因而我又走访了坊之鹤。这里是三俣山、大船山和平治岳等山峰环绕的盆地。我看了与昨日不同的另一侧的三俣山，一直走到筑紫山岳布满马醉木的那一带。马醉木群落之中，生长着可爱的万年杉，有点像杉苔，高约两三寸。我还发现了苔桃和岩镜草。大船山的红叶之间，黑色的据说都是杜鹃花。一棵树的树冠有六铺席大，又矮又宽阔。坊之鹤也有雾岛杜鹃花，而且，这里的莽草似乎又细又矮，穗花的长度不足一寸。

听说山顶的气温今朝降到了零度以下，而坊之鹤阳光灿烂，红叶之色似乎温暖了盆地。

回到旅馆附近，从白口岳和立中山之间的铧立岭，下山到达佐渡洼。这里的盆地形状像佐渡岛，许多蓟草长着长着就枯死了。从佐渡洼下山走过锅破[1]坂，一到朽网别，眺望久住高原的视野就开阔了。穿过锅破坂杂木林中央，沿着砂姜路下行，只听得到自己脚踏落叶的声响。

因为没有遇到什么人，所以感觉这是我独自踏过大自然的足音。前往朽网别，左侧清水山的红叶一派绯红，正逢盛时。从这里应该能望到阿苏五岳，不巧被云雾遮挡住了。祖母山和倾连峰隐约可见。久住高原是绵亘二十公里的草原，遥接阿苏北侧山坡以及波野原，广阔辽远。从南边可以回望九重（或者说久住）连峰，不过，那里的山头也罩着一片云雾。我穿过高及人头的芒草

---

1　芍药科多年生草本植物。多生于潮湿处，高 30 到 50 厘米，花期在 4 到 5 月，有毒。因舔舐该草舌头会裂开，即"舔破（namewari）"，而得名"锅破（nabewari）"。

丛，通过放牧场，到达久住町。

久住山南边的登山口，有名为猪鹿狼寺的珍贵名刹遗迹。猪鹿狼寺也好，法华院温泉也好，都是保有几百年历史的灵场。我感到我是穿过灵场走来的。这真是太好了。

伯父家的人都静静安歇了。我还像在旅馆一样，一个人睡不着，给你写信，就这样永远写下去。

晚安。


# 六


于竹田町，十月二十四日……

每逢肥后线火车到站和出站，竹田车站都会播放歌曲《荒城之月》。泷廉太郎一直想着这座城镇的冈城址[1]，他在这里时，说要为《荒城之月》作曲。据说他父亲在明治二十年（1887）左右，

---

1  日本百大名城之一，位于大分县竹田市，现只剩遗迹。室町时代是大友氏家臣志贺氏的居城，江户时代是中村氏的居城。也称作"卧牛城""丰后竹田城"。

当过这个地区的郡长，廉太郎也在往昔的竹田町高小上过学，少年时代也曾到城址玩过。

泷廉太郎死于明治三十六年（1903），二十五岁。按虚岁计算，我后年就到他这个年龄了。

我真想二十五岁就死。我记得上女校时曾和同学们谈论过这件事，似乎是同学们提起的，又好像是我提起的。

《荒城之月》的词作者土井晚翠，今年也去世了。我来这里之前，听说竹田町的冈城址举办了晚翠追悼会。听人说作曲的廉太郎和作词的晚翠，在伦敦见过一次面，那时我父亲还很年少。年轻诗人和音乐家相逢于异国他乡，是否和为《荒城之月》作曲有缘，我不知道，但是他们两个留下了一首动人的歌曲。如今，《荒城之月》脍炙人口，无人不晓。然而，我同你见过一面，究竟留下了什么呢？

突然想起泷廉太郎这个天才之子……我自己也甚感惊奇。我之所以能有这样的联想，并且还能写信对你诉说，抑或是因为今天在父亲的故乡城镇怀了一份闲情逸致吧。不过，你可曾想到，作为女人，胸中时不时会产生一种不知是害怕还是喜悦的战栗。你心中是否浮现过与我相同的不安情绪呢？这在我是一种无法预测的战栗，因为这种战栗，我才感到我是个女人。我曾梦想过，不对你说，瞒着你，直到长大成人。作为母亲的女儿，我这样做，就像走到尽头的因果，决定将一切视为虚幻。你感到惊奇吗？我是个女人，这点事足以使我日渐消瘦，但是那种不安再也不会长久持续下去了。

在竹田车站听到《荒城之月》的歌声，我只是想起了那时的战栗。


**四方围岩壁，竹田秋水流。**


今日想到镇子里走走，走在秋水潺潺的桥梁上，就听到歌声。我被吸引着向车站走去。车站里到处都在放音乐。昨天不是坐火车，而是从久住町乘汽车来的，所以没注意。

河流就在车站前边。从车站回到桥上，歌声依然在持续。凭栏伫立，久久眺望着河面。河水左岸，河滩的巨石上竖立着柱子，朝着河面并排支起一座座小房子。岩石一头有个女人在洗衣裳。车站后面紧挨着山石岩壁，岩肌上流淌着细细的水流，犹如小瀑布。岩山布满红叶，随处都有绿色残留。

　　我一边怀念你，一边在父亲的城镇上转悠。父亲的故乡不再是陌生的城镇。昨日黄昏时分到达时，我还不知道，今天早晨一看，真是个小村镇。走向哪里都会撞到岩壁。我感到自己置身于四面岩壁的包围之中。

　　昨夜，我发现伯父用的火柴盒上印着"山清水秀，竹田美人"的字样，于是笑着说：

　　"像京都呢。"

　　"可不，说到美人，还有弹琴、品茶……竹田自古就是游艺之地啊！水也好，镇子中央，檐下流过的小沟，叫作'井出'，你父亲小时候，早晨就喜欢在'井出'旁边刷牙漱口。"

人口只有一万的小镇，有十多座寺院、近十座神社，倒像个小京都。

伯父说，竹田美人也都不在了。说罢，他举出几位故人，以及搬去东京的人。我走在街上，只见女人都长得很漂亮。走到镇子尽头的洞门旁，看到岩石上红叶似火。耸立于洞门对面的岩石上布满绿苔，那片绿色前，一位穿着白毛衣的秀美姑娘，正款款向这里走来。

镇子正中有一条贯通商店街的柏油马路，点着寂寞的铃兰电灯。拐进横巷，是静寂的老街，似乎动辄就会碰到岩壁。这里有石崖、白色仓房、黑色板壁，还有坍塌的城墙，我想，确实是座古老的城镇，不过，据说在明治十年（1877）的西南战争[1]中全部被焚毁。以前保留下来的房舍，只有山脚下的寥寥几座。

回到伯父家里，提到这座古镇，伯母说道：

"看来，文子姑娘走遍了城里每个角落哩。"

---

1　明治十年（1877），主张"征韩论"而失势的西乡隆盛，回归乡野鹿儿岛举兵反叛，包围熊本镇台。遭政府军镇压，自刃而死。

不足半日，我就走遍了田能村竹田¹旧居、田伏宅邸遗迹中的天主教秘密礼拜堂、中山神社、圣地亚哥之钟、广濑神社、冈城址、鱼住瀑，以及碧云寺等地。

如今在竹田町，很多人提起田能村竹田，依然称其为"竹田先生"。昨天我进久住町的那条路，过去曾经是"大名行列"的通道，竹田和广濑淡窗²等众多丰后地方的文人，经常来往于这条路。赖山阳³访问竹田町，走的也是这条路。竹田旧居里，保留着他和山阳一起品茶的茶室。这间茶室和堂屋之间的庭院内，阳光照射着芭蕉发黄至干枯断裂的叶子。桐叶也发黄了。堂屋前有块菜地，

---

1 田能村竹田（1777—1835），江户时代后期南宗画（文人画）画家，绘有《梅花书屋图》《亦复一乐帖》等。临终前，写下讴歌永恒人生的绝笔诗《不死吟》："一昨不死又昨日，昨日不死又今日，今日不死又明日。若许不死，又日腾腾不死。蹋尽今年之三百六十日，明年三百六十日。"

2 广濑淡窗（1782—1856），幕末儒者，大分县人，一生未到过江户、京都和大阪。创设私塾咸宜园，培养高野长英、大村益次郎、长三洲等人，门生四千。友人中名士济济，有帆足万里、赖山阳、梁川星岩和贯名海屋等名士。

3 赖山阳（1780—1832），江户末期有名的汉学家、汉诗人、书道家。著有《日本外史》《日本政记》《山阳诗抄》等。

竹田还招待山阳吃了那里种的蔬菜。竹田纪念馆的画圣堂，是一座新式建筑，但听说里面也有茶席，这里虽说烹的是抹茶，有时也悬挂竹田的南画。

天主教秘密礼拜堂在竹田庄附近。竹丛深处的岩壁上，开凿着一座相当宽大的洞窟。圣地亚哥之钟上，标有"1612 SANTIAGO HOSPITAL"（1612年圣地亚哥医院）的字样。

竹田町往昔的城主是天主教徒。

竹田庄的庭院里有织部灯笼[4]。沿小路向上走，再向右转就是竹田庄的石崖。由此向相反方向走，再往左拐，那里的宅邸居住着古田织部的子孙。从宅前走过去，心中也是激动难平。传说过去古田织部的儿子来竹田町，就住在这里。这里是上殿町，是往昔武家宅邸所在的街衢。

我不会忘记。在圆觉寺的茶会初次见到你时，是稻村雪子在点茶。

---

4　石灯笼的一种。相传为茶人古田织部所提倡，安设于茶室庭院之内。

"你用什么茶碗呢？"

"啊，就用那个织部瓷茶碗吧。"

栗本师傅说，那是我父亲喜欢的茶碗，送给她了。在属于你父亲之前，本是我父亲的遗物。是母亲送给你父亲的。雪子用那只茶碗沏茶，你喝下去了。即便如此，我也没有抬头，这是怎么回事呢？

"我也想用那只茶碗……"母亲说。

母亲想用那只茶碗喝下命运的毒汁吗？

我没想到，在父亲的城镇走一圈，竟然清晰地回忆起那次茶会来。假如那只织部瓷茶碗还在师傅手里，请你要回来，处理掉，使它去向不明，也请你把我当作去向不明吧。

看了父亲的城镇后，我就要离开了。我之所以如此絮絮叨叨谈论这座城镇，或许是因为我不打算再来了。我想在父亲的故乡同你分手。这封信我不想发出，如果发出，那也是最后一封。

冈城址上除了石崖，什么也没有留下来。不过，险峻的高地，景象壮美，秋晴的日子，可以

265

看到山峦。祖母山、倾之岭，还有对面远处的九重山，以及大船山峰顶，萦绕着淡薄的白云。我步行而来经过的高原和山岭，都在那个方向。我在高原的松荫下和荠草穗子的波涛中不断思念着你，同时也在想，这回是真的要和你道别了。到如今还说这些告别的话，未免有些恋恋难舍，不过，我即便从你身边消失，作为一个女人，内心还是不能猝然了断。请原谅我吧，晚安。

旅途的信上，写了不少劝你同雪子小姐结婚的话语。还是由你自行决定吧。我和母亲，决不会妨碍你的自由，也决不会妨碍你的幸福。请你务必不要再寻找我了。

旅行六日，写了这么些无用的话，女人家就是爱唠叨啊。我希望你能理解同你离别的我。言语空虚，大凡女人都希望留在男人身旁，但如今的我正相反，请你原谅。我打算从父亲的城镇重新出发。再见！

# 七

如今菊治同雪子新婚旅行归来，再读文子的信，比起一年半之前，对文子语言的理解完全不一样。

但是，他不明白是怎样的不同，或许真因为语言是空虚的吧。

菊治在新居的院子里，烧掉了文子的信件。庭院里没有什么东西，只是用粗劣的木板，围起一块褊狭的空地罢了。

信湿了，不易着火。他只得将信件散落开来，不住地擦火柴。文子手迹的墨色变了，即使变成灰，灰烬里也残留着文字。

"词语呀，快些燃烧吧。"

菊治将一枚枚信笺丢进火里。文子的语言，那些信件，全都烧了，又会怎么样呢？菊治躲开烟雾，转向一旁。板壁的一隅，斜斜映射着冬日的阳光。

"二位的旅行怎么样啊？"

廊下突然传来栗本千佳子的声音，菊治不由打了个寒噤。

"怎么不说话呀？怎么不回答我呢？听说这次新婚旅行被小偷钻了空子。还未请保姆吗？或许小两口单独过上一阵子更好。雪子小姐还好吧？"

"你从哪里听到的？"

"少爷家的事吗？蛇有蛇道。"

"不愧是条蛇。"

菊治脱口而出。父亲死后，千佳子依旧不打招呼就径直闯入他家里。眼下她又来了，菊治满心的厌恶再度被唤起。

"不过，大冬天让雪子小姐洗洗涮涮，真是太为难她了，还是由我来服侍吧。"

菊治没有理睬。

"在烧什么呀？是文子的信吗？"

信的残渣就在菊治膝头一边，可他正蹲踞着挡在那里，照理说千佳子看不见。

"烧了文子小姐的信，也许会暖和些。这倒是件好事啊。"

"我落魄到如此地步，只好住这种房子。请你不要再到我这儿来了，我不欢迎。"

"我不会再打扰您的。当初少爷和雪子小组交往是我搭的桥，这毕竟是件可庆幸的好事，我也很放心。此外，我只是想再为二位尽把力罢了……"

菊治将未烧完的信件揣进怀里，站起身来。站在廊下的千佳子看到菊治，身子一紧，后退了一步。

"啊呀，干吗那样绷着一张可怕的脸？雪子小姐的行李好像还没整理，我想帮帮她……"

"可真亏了你啊。"

"也没做多少事，只希望少爷能理解我的一片苦心。"

千佳子瘫坐在地上，刚一抬起左肩，就怯生生地喘息起来：

"夫人回娘家了吧？少爷为何抛下夫人一人，急忙赶回来了呢？我可是很担心呢。"

"你是打雪子老家来的吗？"

"我去贺喜来着。要是不合适，我道歉。"

千佳子说罢，瞥了一眼菊治的面色。菊治按捺住满心怒气，说道：

"是这样啊，那只黑织部瓷茶碗还在吗？"

"是老爷送的那只吗？还在。"

"要是还在，请让给我吧。"

"好的，"千佳子充满疑惑的迷惘目光，似乎不久就干涸在满心的怨气之中了，"老爷的东西，我一生都不想放手。但是，只要少爷想要，不论今天还是明天，都可以……不过，少爷还打算举办茶会吗？"

"希望你能马上拿给我。"

"我知道了。烧了文子小姐的信件之后，少爷就用织部瓷茶碗喝上一杯吧。"

千佳子低下头，做出一副要挠掉什么东西一般的样子，出去了。

菊治再次回到庭院里，双手颤抖，连火柴也擦不着。

一

新家庭

# 一

　　雪子是个好动而充满朝气的女子，但菊治也时常看到她对着钢琴发愣。

　　在这座房子里，钢琴显得太大了。

　　这架钢琴是菊治最近建立联系的一家工厂制造的。菊治的父亲是乐器公司的股东。这家乐器公司，当年也临时改行制造武器了。战后，乐器公司的一位技师，提议自行设计制造钢琴，借助父亲的老关系，屡次来和菊治商量。菊治为了出资，变卖了宅子。

　　这家小工厂制造的作为实验品的钢琴，也搬到菊治的新居来了。雪子的钢琴留给故乡的妹妹了，可她故乡的妹妹并非买不起一架钢琴，因此，菊治曾几次三番对雪子说：

"如果觉得这架不合适，那就把原有的旧钢琴要来吧。不用顾忌我。"

在他看来，雪子之所以坐在钢琴前面发呆，或许是因为她对钢琴不甚满意。

"这架就挺好，"雪子答道，"我不太明白，为什么调音师老是夸赞这架钢琴呢？"

她提到的这一点倒是出乎菊治的意料。实际上，菊治心里很清楚，这并非因为钢琴本身，而是因为雪子并不喜欢钢琴，她对钢琴既无兴趣，又非擅长。

"因为你一直坐在钢琴前边发愣……"菊治说，"看来，你好像对这架钢琴不中意。"

"和钢琴没关系。"

雪子率直地回答。本来还应该继续说下去，不过，她突然改变了话题。

"你看到我一直发愣吗？什么时候看到的？"

玄关一侧照例连着西式房间，钢琴放在那里，无论从餐室，还是从楼上菊治的房间都看不到。

"在娘家时，老是那般吵吵嚷嚷，根本没时间发愣。要说发愣，倒是很稀罕哩。"

父母双全，兄弟成行，客人出出进进，菊治脑子里浮现出雪子那颇为热闹的娘家来。

"不过，以前的雪子你，给我留下很沉静的印象。"

"是吗？我可能说会道了。只要有母亲和妹妹在，我就不会有沉默的时候。那么，娘仨中谁最能讲呢？尽管我不会沉默，但最爱讲话的也许不是我。每当母亲在客人面前说个没完，我就闷声不语了。母亲那些社交型的会话，连你听了都会腻烦。一旦在母亲身边，我或许就是个言语不多、冷酷无情的姑娘吧。妹妹总是和母亲一唱一和……"

"你母亲很想将你嫁到高贵的人家去吧？"

"是啊，"雪子老实地点点头，"到这里之后，我说的话好像只有在娘家时的十分之一。"

"因为白天只你一个人在家啊。"

"即使你在家，我也不会像着了火一般说个没完。"

"可不吗，要是外出散步，你就爱说话了吧。"

菊治说着，想起晚上两人逛街时，雪子似乎忘记了近来的寒气，高兴地说个没完。她靠过来，挽起他的臂膀。她一走出家门，就像获得了解放。

"现在我不能单独外出了，在娘家时，一旦外出，回家就得把在外看到的一切告诉母亲，然后再对父亲说一遍。"

"那样，你父亲也很高兴啊。"

雪子盯着菊治瞧了一会儿，然后点点头。

"我同父亲说话，母亲有时也会跟着听第二遍，悄悄地笑。"

雪子离开父母之爱，嫁给自己，坐在这寒酸的餐厅里，直到如今，菊治似乎依然有些不解。

发现雪子的睫毛间藏着一颗淡淡的小黑痣，是在两人一起生活之后。看到雪子的牙齿很美，似乎是放光的，也是在住到一间房内之后。接吻时，他也为她牙齿的清纯所打动。

菊治紧抱着渐渐习惯了接吻的雪子，突然热泪滚滚。虽然二人还只停留在接吻的阶段，但在他看来，她就是个值得他一生珍爱、既可爱又可敬的女子。

然而，对于只停留在接吻的阶段，雪子并不像菊治那般感到懊恼和焦虑。她对结婚这种事并不麻木无知，对她来说，拥抱和接吻，已经满溢着温爱，足够使她感到新鲜和惊异。因此，她也回报了菊治。

菊治只能独自苦恼，他有时会反复思虑，如此的新婚生活，是否有些不自然、不健康呢？

雪子从蔬菜店买来萝卜和京菜[1]，这些蔬菜的青绿和细白，在菊治眼里也很新鲜。这不就是幸福吗？他在老家同老保姆生活在一起时，从未见过厨房里的青菜。

"一个人住在那样宽敞的房子里，你不寂寞吗？"

---

1　油菜科植物，春天开黄花，叶茎可食。又名千筋菜。

来到这个家之后，雪子曾经这样问过菊治。这个简短的问题，在他听来意味深长，甚至追溯到他过去的经历。

菊治早晨醒来，发现雪子不在身边，立即感到孤单起来。早晨有好多事要做，雪子早起是当然的事。不过，如果醒来后能看到雪子的睡相，他将被包裹在多么温馨的感情之中啊！他竭力想比雪子早些睁开眼来，但一发现旁边的床铺没有雪子，心中就不由涌起淡淡的不安。

某日黄昏，菊治刚刚回来就高声叫喊：

"雪子，你在用一种名叫马查贝利王子的香水吗？"

"啊呀，怎么啦？"

"我在钢琴音乐会上听一位女宾说的，竟然有嗅觉如此灵敏的人。"

"那香气是如何传播出去的呢？"

雪子嗅了嗅手里接过的西装，突然想起什么似的说：

"我把香水瓶忘在放西装的衣柜里了。"

# 二

二月末，连下了三天的雨，终于在第三天快到晚间的时候停了。广阔阴霾的天空轻柔地低垂下来，呈现一派淡淡的桃红。星期天，栗本千佳子抱着黑织部瓷茶碗来了。

"哎，我把当作最佳纪念品珍藏的茶碗带来了，"千佳子说着，从双层盒里拿出茶碗，托在手上凝视着，然后放在菊治跟前，"眼下正是该用它的时候，这上面绘着早生的蕨菜……"

菊治瞧也没瞧一眼。

"我都忘了，又拿来了。那天我叫你拿来，你没来，本以为你不会再来了呢。"

"因为是早春时节的茶碗，冬日里送了来，总觉得不合适，实在没法子啊。再说，一旦要脱手，总觉得依依深情，难以割舍，可真是的……"

雪子端来茶水。

"啊，夫人，打扰了，"千佳子有些故弄玄虚地说，"夫人没请女佣就度过了冬季吗？可真能忍

278

受啊！"

"我想两人单独在一起的时间更长久些。"雪子清清朗朗地回答，使得菊治甚感惊奇。

"对不起，"千佳子独自点点头，"夫人，还记得这只织部瓷茶碗吗？渊源很深啊。我觉得把它作为贺礼送给二位，比什么都好……"

雪子以探询的目光看向菊治。

"夫人也请坐到火钵旁边来吧。"千佳子说。

"好的。"雪子来到菊治身边，胳膊肘蹭着胳膊肘地坐下来，菊治暗暗忍住笑，对千佳子说：

"我不敢领情，请把它卖给我吧。"

"那哪儿成啊，想想看，这是老爷送的礼物，我无论多么穷困潦倒，也不好转卖给少爷啊……"千佳子正面回应道，"夫人，我很久没见过夫人点茶了。像夫人这样能完成如此举止大方、气品高雅的点茶的小姐独一无二。这么一来，夫人在圆觉寺的茶会上，第一次用这只织部瓷茶碗为菊治少爷献茶的情景，又会重新浮现于眼前。"

雪子沉默不语。

"夫人要是用这只织部瓷茶碗再给少爷献上一杯茶，我的礼物也就更有意义了。"

"可我们家什么茶具也没有。"雪子低着眉头回答。

"啊，别这么说……茶会上只要有茶筅就能点茶。"

"是啊。"

"这只织部瓷茶碗，请好好保存吧。"

"嗯。"

千佳子朝菊治的脸上瞥了一眼。

"你说什么也没有，不是有水壶吗，那只志野瓷水壶？"

"那个用来插花了。"菊治连忙回答。

太田夫人的遗物水壶，菊治没有变卖，而是带到这个家里来了。就那么放在抽屉里，似乎被遗忘了。今天又被千佳子提起，他猝然一惊。

这表明，千佳子对太田夫人的憎恶仍在持续。

雪子送千佳子走出大门。千佳子在门口抬头望望天空。

"城市的灯光好像照亮了整个东京的天空……天气暖和了，真好啊。"

说罢，她耸起一边的肩膀，摇摆着身子走了。

雪子坐在门口。

"口口声声'夫人、夫人'的，好像故意这么喊的，好可厌啊。"

"是可厌，估计她不会再来啦，"菊治也在门口站了一会儿，"不过，'城市的灯光好像照亮了整个东京的天空'，这句话她说得太好了。"

雪子打开玄关的门扉，望向外面的天空。她转身正要关门时，菊治也在窥探天空，雪子犹豫了好一阵。

"可以关上吗？"

"好的。"

"真的暖和起来了。"

回到餐室，织部瓷茶碗还放在那里，菊治说，等雪子收拾好了，想上街看看。

二人登上高台的住宅区，来到没有行人的地

方，雪子挽起菊治的臂膀。雪子似乎很珍爱自己的手臂，不大轻易动用，尽管如此，她的掌心已为冬季的冷水所侵，变得粗硬了。

"那只茶碗你不想白要，是想买下吧？"雪子冷不丁地问。

"嗯，是要卖掉。"

"是吧，她是来卖的吧？"

"不，是我要卖给茶具店，再把钱转给栗本就行了。"

"啊，你还是想卖吗？"

"那只茶碗，雪子你也是在圆觉寺茶会上初次听说的，不是吗？刚才栗本也提到了。那本是我父亲送给栗本的茶碗。可在那之前，一直为太田家所收藏。它可是一只有来历的茶碗啊！……"

"不过，我当时并没有太在意，既然是一只宝物，还是留下来为好。"

"肯定是一只宝物，正因为是一只贵重茶碗，就更应该交给茶具店，我们还是使它去向不明为好。"

"使它去向不明"——菊治想起文子信中的话。他从栗本手里要回茶碗，也是因为文子的信。

"那只茶碗自有它非凡的生命，要使它脱离我们而生存。我所说的'我们'，不包括雪子你……那只茶碗本身坚强而美丽，并未呈现出为不健康的愚执所缠绕的姿影。我们关于茶碗的记忆并不可靠，因为它使我们以邪恶的眼光看待这只茶碗。这里所说的'我们'，只不过五六个人。自古至今，或许有过上百人始终理解它、珍视它。那只茶碗来到这世上也有四百年了，从茶碗的生命来看，在太田家还有我父亲，以及栗本手中所保存的年月实在很短，简直就像云影过眼，要是能够为健康的收藏家所持有就好了。即便我们死后，那只织部瓷茶碗依然在某人手中光艳美丽，那该有多好啊！"

"是吗？你要是有那样的想法，不卖不是更好吗？我倒是随着你。"

"脱手我并不感到可惜，我一向对茶碗不抱执着之情。我想从那只茶碗开始，洗去我们的污垢。

栗本保有它也使我感到恶心，就像在那次圆觉寺茶会，她突然拿了出来。茶碗不应该被人的丑恶因缘所束缚。"

"这么说，茶碗比人还伟大。"

"或许吧。我并不了解茶碗，但既然经过了数百位有眼光的人的传承，我就不能将它一手毁弃，还是让它去向不明为好。"

"让它作为我们记忆中的茶碗保留下来，我也欢喜呀，"雪子以清亮的嗓音重复着说，"纵然现在我不理解，今后经常看到这只茶碗，不也是很高兴的事吗？……以前的事没关系嘛。要是卖掉了，往后想起来，不是很扫兴吗？"

"那倒不会，那只茶碗命中注定要离开我们而去向不明。"

谈论茶碗，一扯到命运，菊治就像被尖刀刺进胸膛一般想起文子。

他们逛了一个半小时后回到家中。

雪子正想将火钵的火移到被炉内，又蓦地用两只手掌握住菊治的手，她似乎想让他感受一下左手和右手的温差。

"栗本师傅送的点心，尝尝吧。"

"我不要。"

"是吗？除了点心，还送了浓茶呢。她说是从京都寄来的……"雪子毫不介意地说。

菊治用包袱皮裹好织部瓷茶碗，放进抽屉，又发现抽屉里的志野瓷水壶，打算把水壶同茶碗一起卖掉。

雪子搽过面霜，拔掉发卡，准备就寝。她散开头发，一边梳头一边说：

"我也想把头发剪短，怎么样，可以吗？不过，要是裸露出后面的脖颈，也是挺叫人害臊的。"

说罢，她撩起后面的头发看了看。

口红似乎很难去除，她走近镜台，微微张开双唇，对着镜子用纱布揩拭。

他们在黑暗之中相互温润，菊治沉浸在内心的冥想之中，这种神圣的憧憬，将会如此永远地被冒渎下去吗？但是，大凡最纯洁之物，都不会被任何东西玷污，因而，它对任何东西都不加以宽宥。他幻想能随时获得自我救赎 —— 这种事难道真的不可能发生吗？

雪子入睡之后，菊治就缩回手臂。然而，一旦脱离雪子的体温，他就感到可怖的寂寞。还是不应该结婚啊！一种锥心般的悔恨，静候在身边冷寂的铺席上。

三

接连两天，傍晚的天空都布满淡淡的桃红色。

菊治在回家的电车上，看到新落成的大楼窗内的灯光，全是白茫茫的。他想，那是什么灯呢？看来那是荧光灯。好像为了传达新建筑落成的喜悦，各个房间都大放光明。那座大楼的斜上空，出现了一轮即将饱满的月亮。

菊治回到家里时，空中的桃红已经变为满天晚霞，犹如正在被吸引到日落方向，又好似沉落下去。

走到家里拐角的地方，他微微感到不安，摸一摸上衣里面的口袋，银行支票还在。

雪子走出邻家的大门，快步跑进自己的家门。菊治看到她的背影，她没有发现菊治。

"雪子，雪子。"

雪子走出家门。

"回来了？刚才看到我了？"说着，她涨红了面颊。

"邻居说，家里妹妹打来了电话……"

"哎？"

换衣服时，菊治掏出支票，放在茶橱上。雪子低俯着身子，一边收拾菊治脱下的衣服，一边说道：

"妹妹在电话里说，昨天礼拜天，她和父亲想来这里……"

"到家里来？"

"是啊。"

"来了好啊……"菊治不经意地应道。

"你说来了好……"雪子正在用毛刷刷裤子，她停下手来，"不过，我预先写了信，叫他们暂时不要来。"

雪子似乎把人挡了回去。菊治觉得奇怪，差点要反问一句"为什么"。这时，他突然意识到，雪子是已经完全适应了二人婚后的小家庭，才不想让父亲来家里的。

这时，雪子立即抬头望向菊治：

"父亲很想来，我希望你请他一次。"

"不请自来不是更好吗？"

菊治的回答犹如雪子的眼睛一般明丽。

"因为是女儿的婆家……不过，也不见得。"雪子爽朗地应道。

菊治或许比雪子更不情愿雪子父亲的来访。她提到这件事之前，他都不曾想到过。结婚之后，他从未邀请过她的父母兄弟。可以说，他把她的娘家人几乎全忘了。

菊治和雪子竟然如此异常地结合在一起。或者说，正因为没有结合，菊治无法考虑到雪子之外的人。

不过，搅得他浑身无力的，或许就是有关太田夫人和文子的记忆，始终像虚幻的蝴蝶在头脑里盘旋。他总觉得在自己头脑黑暗的底层，有蝴蝶飞舞。那不是太田夫人的幽灵，而是菊治悔恨的化身。

然而，雪子不希望父亲来访，并写信加以劝止，这充分使菊治觉察到她内心的悲哀和困惑。栗本千佳子也似乎有些令人不解，雪子过冬不雇女佣，或许是因为害怕女佣会探知他们夫妇间的秘密吧。

尽管如此，菊治眼里，看到的多是雪子光耀夺目、兴高采烈的样子。菊治并不认为，那些都是雪子用心体贴自己的样子。

"那封信是什么时候发出的？就是希望你父亲不要来访的那封……"他问道。

"这个嘛，过年时节，好像是七日之后吧？过年时，我们不是一起到乡下去了吗？"

"那是三日吧。"

"在那之后，又过了四五天。记得吗，新年的头两天里，父亲母亲都忙于招待客人，只有妹妹一人来给我们拜年。"

"是的，还让她传话，叫我们第二天到横滨去呢，"菊治也想起来了，他接着说，"但是，你写信不让他们来，这是不妥当的。下个礼拜天，还是请他们来一趟吧。"

"好啊，父亲一定很高兴，他会带妹妹一起来。或许父亲也觉得一个人来不太妥当吧……不知为什么，我也认为妹妹能一道来最好。"

有妹妹在，雪子也会轻松自在。雪子显然不想让父亲看到自己和菊治这种谈不上结婚的婚后生活。

雪子好像烧好了洗澡水。一进小浴场，就听到调节水温的声响。

"先洗澡后吃饭吧？"

"那好。"

菊治进入浴池，雪子在玻璃门外问道：

"放在茶橱上的支票怎么办？"

"啊，啊，那是卖织部瓷茶碗的钱，应该转给栗本。"

"茶碗能值那么多钱吗？"

"不，里面还包括我们家水壶的钱。"

"水壶占多少？"

"即使只占一半，也是不小的数字呢。"

"是的，买什么用呢？"

雪子也知道这只织部瓷茶碗。二人昨晚一边散步，一边谈起过。然而，对于志野瓷水壶的来历，雪子却一无所知。

"这笔钱不买东西，用来买股票怎么样？"雪子站在玻璃门外问道。

"买股票？"菊治有些意外。

"是这样……"雪子打开玻璃门走进来，"父亲把他四分之一的钱财转到我和妹妹的户头上，并寄存在股票交易商那里增值。购买强势的股票存起来，如果下跌就不抛售，等待上涨，再转购他物，一点点越积越多。"

"哦。"菊治仿佛窥见了雪子娘家的家风。

"我和妹妹每天都看报上的股市行情。"

"那些股票如今还在手里吗？"

"还在。全都交给股票商了，自己看不到……因为下跌时不出手，所以不会受损失。"雪子单纯地说道。

"好吧，那笔钱也存在雪子的那位股票商那里，可以吗？"菊治笑着望向雪子。雪子身上系着洁白的围裙，脚上套着绯红毛线袜子。

"雪子也进来暖暖身子，怎么样？"

雪子双目炯炯，愈发显得腼腆，更加明艳动人。

"我在准备晚饭呢。"

她说着，飘然走出门去。


四


从这一周的礼拜六开始，就是三月了。

父亲和妹妹明天来访。晚饭后，雪子一人上

街，买了水果和鲜花，抱着回来了。接着又打扫厨房，直到很晚。然后，她坐到镜台前，慢慢梳理头发。

"今天啊，我老是记挂着把头发剪短。从前我也说过要剪掉，但给父亲看到，使他惊讶总是不好……所以才请人先整整发型，不过我对这种发型也不满意，看起来总有些怪。"她只顾自言自语。

就寝之后，雪子也沉不下心来。父亲和妹妹来访，就这么值得高兴吗？菊治似乎稍稍有些嫉妒。不得不说，这正是雪子感到内心凄楚的因由。想到这里，他主动挨过去，温存地拥抱着她。

"你的手好冷，"菊治将她的手搭在自己胸前，一只手挽住她的脖颈，另一只手伸进袖口，抚摸着她的肩膀，"跟我说说话，好吗？"

雪子移开朱唇，挪动了一下脸孔。

"好痒痒哩。"

菊治说着，撩开雪子的头发，帮她归拢于耳后。

"你叫我说点什么，你还记得我说过的伊豆山的故事吗？"

"不记得了。"

可菊治不会忘记。当时，黑暗中，他一边紧闭震颤的眼睑，一边想起了文子、想起了太田夫人。他极力挣扎，打算借助这种幻想，获取面对纯洁的雪子的力量。明天，雪子的父亲就要来了，能否以今夜为分界线呢？菊治再度想起来自太田夫人起伏不定的情感波涛，越发体会到雪子的清纯无垢。

"雪子你先说点什么吧。"

"我没有要说的话呀。"

"明天见到父亲，你打算说些什么呢？……"

"我和父亲嘛，到时总会有话说的。父亲只是想来看看我们的家。他只要看到我们幸福地生活在一起就会满足了。"

菊治没有说话，雪子依偎过来，用脸孔蹭着他的胸脯，他依旧一动不动。

第二天，十点钟后，雪子的父亲和妹妹到了。

雪子立即忙活起来，和妹妹有说有笑。午饭也提前了。碰巧这时，栗本来了。

"来客了呀？我只要见见菊治少爷就行了。"

菊治听到她在门外和雪子说话，便走了出去。

"少爷把那只织部瓷茶碗卖掉了？原来是为了出售，才从我这里要回去的啊。既然如此，把卖的钱转给我又是怎么回事呢？"栗本接二连三追问。

"本想及早来问个明白的，但想到少爷只有礼拜天才会在家，所以就慌忙赶来了。当然晚上来也可以来的，不过……"千佳子从手提袋里掏出给菊治的信封，"这个还给您。里面包着钱，没有动，请数一下……"

"不，请你全部收下吧。"菊治说道。

"我为何要收下这笔钱呢？这难道是绝交的钱吗？"

"别开玩笑了，我怎么可能现在同你绝交呢？"

"说得也是。即使绝交，也用不着卖掉织部瓷茶碗，还把钱给我呀。这不是很蹊跷吗？"

"那本来是你的茶碗，卖的钱理应归你所有。"

"是我送给少爷的呀，也是少爷您想要的。我以为这是二位结婚的最好纪念。对于我来说，那是老爷留下的纪念……"

"你全当是卖给我的钱不好吗？"

"那怎么好这样呢？我再怎么落魄潦倒，也不会把老爷的遗物再卖给少爷呀。上回我不是谢绝了吗？再说，少爷不是已经卖给茶具店了吗？这笔钱您要是硬给我，我就去将它赎回来。"

菊治转念一想，还是不写明是卖给茶具店的钱为好啊。

"啊，请进来吧……横滨的父亲和妹妹来看我们了，请不必客气。"雪子沉静地说。

"你家老爷……啊，是吗？能在这儿见面，真是太好啦。"

千佳子急忙轻柔地放松双肩，兀自点了点头。

296

大凡最纯洁之物，

都不会被任何东西玷污。

# 一頁 folio

## 始于一页,抵达世界

### Humanities · History · Literature · Arts

出品人　范　新

品牌总监　恰　恰

特约编辑　王子豪　徐　露　徐子淇

营销总监　张　延

营销编辑　狄洋意　闵　婕　许芸茹

新媒体　赵雪雨

版权总监　吴攀君

印制总监　刘玲玲

**Folio (Beijing) Culture & Media Co., Ltd.**
Bldg. 16-C, Jingyuan Art Center,
Chaoyang, Beijing, China 100124

一頁 folio
微信公众号

官方微博: @一頁 folio ｜ 官方豆瓣: 一頁 ｜ 媒体联络: zy@foliobook.com.cn